无边

苏仁聪 著

长江出版传媒
长江文艺出版社

苏仁聪

生于1993年，云南镇雄人。作品见《诗刊》《扬子江》《星星》《滇池》等刊。曾获野草文学奖、樱花诗歌奖、闻捷诗歌奖等。

目录

辑一　去边界

辑二　月光高速

辑三　我的小镇

辑四　长句

辑一　去边界

火车经过龟兹故地

龟兹国灭亡若干世纪后，我坐一列绿皮火车
在深夜穿过它的国土
没有驼铃、丝绸和茶叶
睡去的人鼾声和火车声奇妙地融合了
盛产铁器的龟兹，它的铁已彻底锈蚀
和它的国家一起埋于黄沙
只有那些坚强的植物还生长在他们的坟地
戈壁上空那枚寒冷的月亮照耀着
最后一位死去的君王
我用一夜就穿越他的国土。他必定感到惊讶
但他已无力起身

吐鲁番盆地的日落

这一生的其中一夜
一位美丽的姑娘与我比邻而坐
在一节老旧的绿皮车厢，我们拉开窗帘
使晚霞包围小桌上的茶杯
使晚霞布置在河道，她恬静而优雅
使晚霞轻轻掠过她的鼻尖
对坐的青年在这时候弹起他的萨塔尔
唱起他的歌。我不明其意，也无法询问
我沉浸在它奔泻的悲凉中，并认为这是
我送给这位姑娘的见面礼和告别礼
这是落日的一瞬，高昌王国灭亡许多世纪后的
某一个黄昏。我欢喜而忧愁

莫尔寺遗址

初冬，莫尔寺继续在帕米尔高原深入废墟
唯一的佛塔形似烟囱，没有烟雾
钟声和经卷

我去的时候天色已晚，游客稀少
无声覆盖断壁
明年就要长出更多荒草了，我带来了布施
却不知道该布施给谁
可以想象昔日的繁盛，可以想象毁灭的悲壮
僧侣逃走了，或者最后一位僧侣敲响暮钟
圆寂于晚唐。寺庙如此结束了它短暂而漫长的一生
它目睹自己的尸骨在高原曝晒，冷冻
积雪长草。它看见了空

帕米尔高原

上山途中我困意来袭，司机说这是我
对高原的反应。耳朵嗡鸣，风撕裂山谷
天空是假象，电影院的蓝色幕布
但它闪耀着白光，说不清有多少白光
我们在湖边停车拍照。那一处有着
整齐的石头，布满锈色斑纹
玄奘大师曾在此旅途劳顿
睡去时看见满天星辰，睡去时梦见印度
我沿湖边走，喘息粗大，一个穿披风的男人
面色红润，头发蓬乱
我的手里有未发出去的消息
已不能再西了，我所有的国土和人民都在东方
我所有的痛苦和欢乐都在东方
是风，让高原有一万种样子

虚构之景

玛旁雍错喝水的男人，抬起头
黄昏流进胃里，黑发落满尘世之霜
牦牛为次仁引路，羊群在归家
五彩经幡在风中摆动，阿妈燃起炊烟
暮色四合，切马寺院门轻轻关闭
湖面微波骤然消逝，黄昏迷了路
人世间的事物如此美好
阿佳忍不住轻轻吟唱
从圣湖路过的少年，刚好把一些歌声
揣进兜里

火车在兰州停留的二十分钟

戈壁的星空突然消失，下车的人
都面带喜色。像是要奔赴一场宴会
他们都刻意仔细，刻意庄重
上车的人，不会仔细去想
此后，他们将一路向南
他们不会去想，温度会越来越高
他们会越来越忧伤，或兴奋

在火车上的一个小时

窗外的天地已蒙上雾色，我们各自穿行在雾中
雨夹雪的寒冷，穿过原野
穿过你薄薄的外衣
并行的铁轨已被打湿，光线锋利
每一次疼痛，都源于一场与你相反的旅行
深冷的夜色，在戈壁之中展开
我们各自的孤独，在深秋的原野上
游荡

绿皮火车

父亲又去广东了
他从面包车转到绿皮火车
春天在他身后掉了一些花瓣
绿色火苗爬上山顶
过了贵阳
他就是他乡之客
我们喜欢古旧的物件
星空，春水，铁轨，绿皮火车
父亲的头发
此刻我的女朋友正在一辆绿皮火车里
给我说她也爱这种奔波的感觉

一个老头

那个在北碚下车的老头，又来找我说话了
他说他来新疆已三十五年
十五年在伊犁，二十年在克拉玛依
他说他以前都是坐飞机的，这一次
仅仅因为身份证弄丢了，才坐的火车
他说他在成都上大学的儿子跟我一样大
跟我一样聪明
列车过了哈密时，他还在和我说
他对着窗外，又像和这戈壁滩说
这一次，他自称是个地道的重庆人
却没有说一句重庆话。
他的普通话中夹着生铁，如荒滩上突然长出的青草
他坚持说着普通话
大概是因为我看起来像个知识分子
他坚持一有空就和我说话
大概是因为我越来越像他的儿子
他坚持面带喜色
大概是不想让我窥探到他的秘密

为崖壁施工者所作

崖壁在多年前凿出佛像：如今佛面难辨
如今施工者在崖壁上重修宝殿，新建黄帝大像
这边云杉带雾，寒冷蓬勃，你在壁上凿洞
你跳进洞中，往外递送土和沙石，天山因此改变
天山因此注入感情，鹰缓慢飞翔
雪豹深深隐居，马群在午睡
我路过看见你红色安全帽遮不住的地方仅剩白发
你像我苍老的父亲但比我苍老的父亲更苍老

季　风

有一次，它吹进了房梁的裂缝，蜘蛛网吱吱响
给老大人送葬后我们消失在山林，草地，第五幢摩天楼
风是我们至高无上的信使，只是它带来的消息
都化作了风

一种树

我忘记公寓门口那种树的名字了
红色的小果果在寒冬依然在树上
作为一些无法离乡的鸟冬天的食物
这是大自然的恩赐，大自然怜悯每一种生命
它也用很多种方式怜悯我
给我满仓的粮食，给我贫乏的冲动

去边界

戈壁上只有一盏孤灯在铁路沿线照亮村庄
季节是深秋时间是凌晨两点
我看不见树木凋零青草枯黄季节垂泪
一个南国游子在北方的第七年和最后一个深秋
他要去边界从身体上真正远离中心
一个去边界的人多年后回忆这个夜晚
必将因为他也曾长夜奔袭几近穿过国土而长叹

赛里木湖边

匍匐在草地，湖面更宽广了
草是草，草在我的头顶轻轻摇摆
在湖边惊呼的人已经深深体验到人间应有的痛快
他甚至想在此建一个村庄，他甚至想留此
做自己的帝王和节度使。他甚至想给母亲写信
但母亲不识字，他甚至想给母亲画画
但母亲老眼已昏花
他甚至想哭

天　池

慢突然来，墨绿
湖水和雪岭云杉。神的梦境里有鹰
从高空飞过。我们坐在湖边
我们是碧玉上的一个小小瑕疵

杂草记

一点风就可以使山坡动起来
马唐一浪又一浪
黄背草带着强烈的故乡之感
那时我躺在它们的身体上熟睡
醒来看见黄昏在山中燃烧
秋天已提前来临，我在上山途中
时空错位，白茅已老
它们有夏天的萧瑟，它们的四季都是暮秋
细雨落了下来，背包带走一些飞廉花絮
它们使旷野更野
忍冬已长出圆形果实，静在湖边
不管山脉和湖泊之浩大
不管天空如何低垂，（此时它已低过
博格达峰）草保持它们的卑微与小
我爱它们，像爱我的母亲
风又一次吹，我要和它们一起
晃荡

外地人

中年男人给女儿打电话，说
风景这边独好：槐花真香啊
那像是一个梦境：太阳从东八路跑到东一路
太阳是一生中最温暖的男人
经过塔吊，它要低眉顺眼
拉长身子，悄悄隐遁西天山
晚上我骑车过这片工地，大灯孤悬
蛾子飞啊飞，那些外地人
被烟雾笼罩，被流水驱逐

傍　晚

他们终于下班了。从清晨干到傍晚
给地板留下一层环氧树脂 五瓶啤酒
廉价的烟头 盒饭 废弃的桶
中午他们就餐时，我在楼上窥伺
最年轻的一个，比我年轻
但满头腻子粉，白发苍苍
倒像是我的父亲。不同的是
他走前，在水龙头下洗了个头
一头金黄，回到年轻，然后急于
消失在傍晚

睡眠瘫痪症

会同时梦见橡树和幽灵的午睡
我在绝路中念咒语
眨眼睛，看见黑色窗帘上
陌生的面孔流着血
他们禁止我谈论人生的边界
说我还年轻，这不真诚
我知道仲春窗外下起绵绵细雨
我就在十平米的卧室和自己发生战争
身体被捆绑，甚至
呼吸不能顺畅
我在醒与眠的边界多次站起来
却发现自己永远在床上
那是我连续多日高压和抑郁后的午睡
我对人生感到迷茫
对生活失去信心
朋友们都在安慰我
给我送来生锈的剪刀
给我推荐音乐
我可能会从睡眠瘫痪症中获得解脱
再做的梦就是水和鲜花
就是想见的人

就是身轻如飞鸟
但二十几岁的年轻人
稍不慎，就会在人海中融入人海
失去辨识度和思想
不谈边界是危险的
一位九十岁的老人生命停止在二十五岁
被说服的清晨
是可悲的

蓝色的旅程

谁在蓝色的旅程遇见他的故乡
谁打开烟盒
在吹风的观景台看见蔚蓝的湖泊
谁取走天空的鹰骨
制一支鹰笛
谁给我旅途的安慰
给我炮仗花和蜡梅的喧嚣
谁的焦虑仍没有退散
他要带走湖泊或关于湖泊的梦
谁去安慰梦中啼哭的孩子
我们离开他的村庄
在没有尽头的高速公路上
驶向没有尽头的群山
谁希望马上离开他的亲人
他们在这里活过来
给他营造梦境和忧郁
安静的风吹拂在 2021 年的第二天
吹乱我们的短头发
半截烟头在风中熄灭
同样的油菜花一年后我又看见
但一闪而过没有给它们留下摄影作品

谁想从飞速的汽车上
走向黄昏的山谷
谁体察到了他的孤独？

我在这里

滇南建水县城郊的村庄
我在这里下了小火车
带着新年的希望和焦虑
穿过有吊灯的候车厅
人们拿着相机去米轨上留影纪念
我在后院看到一朵黄色玫瑰
神秘如祖父的临终
一只晒太阳的猫
它看了我一眼继续趴在有裂纹的石板上午睡
我坐在藤椅上，羡慕它
我拿起空空的红酒杯
用两个红酒杯碰撞出清音
我在这里，一百年前的火车站
朋友们回来后又逐渐离开
法式建筑和西餐厅，我看见并记在心里
我无法讲述洁白裙子的少女
她的丝巾飘拂，她的男友
大胡子的摄影师正在拍摄一位卖草莓的老人
新的一年开始了
我就在这里，继续我的贫乏

重阳节：写给草

请替我生长，照看好祖父
和祖父的祖父。请替我给土和土的父亲问好
请借你们的身体捐献给玉米收割后，空地里觅食的鸟
请替我把远方的父亲喊回家。请给云南的朋友
苦涩或荒凉。请给我写一封无法寄达又瞬间寄达的家书
告诉我的先人，他们的骨血尚在人间流淌
请宽宥一个无理之人的请求，因为重阳节
他的临时住所风雨潇潇

北四路的傍晚

骑车闯入市区，耳朵开始刮风
我是涨潮时，海随机抛出的
一朵浪花：被比喻为时间
却忽然消逝。绵延者从西边落下
我在十字路口注意到已是晚高峰
绿灯亮了也不走
要看对面的老者如何在三十秒内
把整车瓶子推到我这一边
有时想闯红灯，想冒险
但没有，两个月以后，我的兄弟
从秋天醒来。恐惧会突然光顾你
我是那个被电击的八岁小孩，多年过去
还在自行车上战栗，还惧怕天空中
黑色的线条。暮色涌现
街道中途搭起围栏
下一个路口，一栋住院大楼建到第九层
我回头，看见乌云正在每个人的头顶
准备哭泣

彝村四行

游子在彝人村庄醒来，乌金云漫过他暂停的梦
油菜花黄，麦子青青，灰雀对狗说：你好 早安
美洲虎在村道散步 哦 它是祖母宠爱的猫
此时太阳光临麦地，神坐在柴火上写诗

泉丰之夏

又一次来到海边，看见波涛，水鸟
废弃的渔船，我的乡村在遥远的西部
祖父的旧铁器挂在有电话号码的墙壁
祖父已经不在很多年
这间洁净的上房，同住的朋友驱车回了家
我一个人在深夜无眠时听见海浪朝我的故乡涌去
有人听见吗？它是否为故乡带去雨水
明天我也要走了，这不足二十四小时的停留
让我永远对海和夏天保持深刻记忆
在我走后，海依旧保持腥咸，天有时会下雨
仍有渔民在清晨回到无风的港湾，仍有人
像我一样来到这里，心事重重
又匆匆去往车站，不买水和食物
世界从不是为谁单独准备
请给疲惫的人睡眠，哪怕他会错过火车
哪怕他下车后不知要去哪里

飞行时间

在高空，世界失去语言、复杂和多样性
大雾穿过机翼，颤抖
同质化的云在蔚蓝的天际卷曲，帕斯诗选
对错的命运，旅行者的棕榈树
在我家老房子后面等我们忘记它
迪奥男士香水味，狐臭，远去的贵州省
小电视里说老虎正在面临两重困境
要去海边的人在手机屏幕里发现自己的疲惫
旁边坐着去宁波打工的中年男人来自我的故乡
他应当和多年以前的父亲一样
带着责任和一双正在老去的手臂
只是父亲一贯乘坐绿皮火车，那时车厢晃动
他在柳州的凌晨从玻璃旁边醒来
金属温柔的质感和冰冷的尖锐
都遗失在他的时间中
我去看我的姐姐们需要出地铁站
在咖啡店门口右转
扶着傍晚的光泽上二十三楼，某一室
她未完成的表格堆在茶几中间
那些字迹充满焦虑，火烧过的草原
雨后我们相对而坐，在一家典雅的饭店
她在给我们安排明天的行程

有一天

有一天我来到海边在地下室和他喝两罐啤酒就走了
后来我在石川啄木的诗集空白处给他写诗
夏天在腋窝下出臭汗
大海在彼处涌起黑色浪花
在海上去世的人正在寻找他遗失的帆船
有一天我很疲惫，在车上睡觉错过到达的车站
在完全陌生的城市下车
因为抵挡不住热浪而走进一家书店
为了避免尴尬买了一本不需要的书
有一天多年不见的堂哥在异乡人的火车站接我
黑色轿车后座睡着他五岁的儿子
叫我叔叔我却太窘迫不能给他买玩具
我发现自己的悲哀，空洞的理想
有一天我在哥哥驯狗俱乐部的黑色藤椅上熟睡
并做了一些闭合的梦，空难
飞机掉在家门口却也只是想着去捡些值钱的物品
有一天我要回家，在杭州的出租房写这首诗
不知道该献给谁
有一天我听说那位受伤的朋友已经好了
给他发去祝福，却不知道要说什么

半　岛

雨停了。晚霞绵柔又如铁
晚霞刚刚来过
旷日持久的战争终于熬到下半年
最后一个刈麦者坐着拖拉机离开
天空充满雨水的木房子
我们驾驶汽车从小路上
离开胶东半岛
我们驾驶空船，从海上回到陆地
我们获得海的体验
久久不能散去的潮腥。下半年了
我日复一日地衰老
但今天我感觉比昨天年轻
大雨之后我们在天空寻找闪电
闪电之后我们在雷声中寻找父亲
迷途如战争结束后找不到家
平原给我们的是小路两边
无尽的桦树林，还在滴水
它们之间留有空隙
因此我能捕捉到使我流泪的
间歇性的天黑
天终于黑了

天完全黑了
天黑透了。像世界已经失去空间
像天空永远不会再复活
像古代突然重新返回
我摸到玻璃外面的泪滴
知道你每天都来这里哭，天黑以后
你才在大海上找到太阳
那温暖的、冰冷的和剧痛的
带着我们穿过一片树林，两片树林
三片树林和一块麦地
一个乡村加油站和一块界碑
我来过的证据是我看到这里的
一次暴雨。并淋湿了我的内心
你不要来了，你一次也找不到我

辑二　月光高速

出租屋的顶楼

六个水箱均匀放在楼顶，所有工人的生活用水
都在这里啦。几块烂砖头支着烧烤架
似已很久没人来过，静止的风
晚霞烧成炭火，岭南起伏的小山
工业区，村庄，高速公路，轻轨
大片棕榈，断裂的砖头堆旁站着父亲
天际线那么平，那么远
火电厂的烟囱升入傍晚的天空
只有眼下的院坝是杂乱且喧嚣的
卡车运来砂石，挖掘机平整过后
压路机压紧。低矮的工人在黄昏中
砌墙。洒水的是我的父亲，他戴着口罩
水管像是喷出铁水，火电厂的冷却塔
身影已模糊，后来我无法分辨院坝中谁是我的父亲
谁是我那个刚死去哥哥的贵州老乡
谁是老板，谁是工头
黑暗是平等的，它笼罩大地，每个人都点得起灯
路灯也不用付费，我借着最后一点太阳的亮光
下楼。每一层都是炒菜和接水的声音
我相信这是个祥和的夜晚，在我走下楼顶之后
一切喧嚣都会结束的

坐在桉树林

电锯，钢架结构上的黄色安全帽，焊锡
闷热但没有雨的下午，一点风吹动桉树林
有人在门口说话，高跟鞋碰撞地面
板块在你睡眠时运动
你梦见牙疼、高压水枪和漂浮的木头
棕熊、动物园的栅栏和美术馆的玻璃
那来自地底的声音穿透高原的中午
麻雀从黄昏的草堆起飞，留下它不会飞翔的孩子
你背着马草回到点煤油灯的家
那时没有电灯，父亲用墨水瓶制作灯
暗中的光，它曾指导你背诵古代诗歌
它跳跃的声音幽闭在暗室的墙柜，你一直想不起
它还剩多少煤油。有些声音你永远不会再听见
早晨林中鸟鸣并使你感到快乐
你去上学听见蛇在树梢嘶嘶，放学后你绕道回家
你跳进池塘，夏天突然结束
你坐在黄昏的故乡哭

废 墟

带着博尔赫斯的小册子我离开故乡
经过盐溪村
神轻轻擦去天空的云朵
他的蔚蓝色大衣垂向群山
北去的大河左岸住着多年不见的姑姑
她的枇杷已熟，她的桥梁被洪水冲垮
她把玉米运送到集市
儿子远在浙江
乡村街道热闹的一天
我的面包车从有她的人群中穿过
此后要途经亚热带密集的雨林
故乡将在身后变为废墟

蓝　桉

那棵蓝桉在此地已久，七十年了吧
它成一位老者，皮肤很干燥
刚刚下了一场大雨，它跑着回到家
衣服掉在雨中，裸露的皮肤加速它的暮年
很多次我从酒店出来都要绕道去摸摸它
它的里面肯定装着我们消失的朋友
树干上有好几个人的名字：小东
你在那边还好吗？斌，我们要
在一起。哥哥，你的妻子已经从轮椅上站起来了！
我要去北京了，你在这里好好待着
红色布条，绿色布条
它们飘着想去更高远的天空
这是在云贵高原某个湖边的一棵巨大的桉树
在我二十七岁的早秋，它对我落叶，对我吹风
我就不在上面刻你的名字了，事情我已经全部知道
我这就回去转达你的父亲，说你住在一棵巨大的树中
已经成了精灵

语文课堂

最后排窗边的女生坐在轮椅上
她没有腿和手指，烧伤的脸戴着高度近视眼镜
两只手臂夹着笔分析诗人的命运
流落异乡，边塞，黄昏的沙尘
饮酒，情景交融，他的一生颠沛流离
她很吃力但速度并没有慢下来
我走到她身边打开窗，用脸触摸
早秋的风，桉树使我有了深入林中的欲望
但她是去不了的
那些桉树长在大坡度的山上，石头
荆棘林，二十年代的标语
完美的月亮，她看见后会自卑吗
每天晚上都会有一个中年女人来把她推走
那是她的母亲，为了照顾她
她成为学校食堂的一名洗碗工
那时整个校园会为她们安静下来
她们会出校门，左转，避让车辆
（她是学校唯一一个被允许走读的人）
她们回到深夜的出租屋，中年女人抱她去厕所
给她擦拭身体，抱她上床
她会梦见从春天的轮椅上站起来
她会飞

月光高速

有一年冬天我从这个峡谷经过
山顶在下雪
那时高速公路还没有修建
大江右岸的山道上
颠簸着我坐的面包车
那时候的方向和现在相反
母亲在等我回家
饭菜热了好几遍
十五瓦的白炽灯挂在黑乎乎的墙壁
我有一个幸福的家
我正在远离它
为了活下去持续奔波
要去省城，向无数家公司投递简历
要忍受拒绝、孤独和贫穷
要忍受失眠和焦虑
天已黑透
我听着风从车窗外吹往家的一方
母亲，你曾感受到过我制造的风吗？
你会被风吹倒吗？
而我还在漫游呢，像没有方向的风
哦，母亲

就在我对着大江和你说话时
堂弟突然拽我的左臂
说：仁聪，那就是你要的诗歌
他的手指向悬崖顶端
一枚硕大的圆月
照着永远幽深的峡谷
母亲，我要忍住不哭

途中的雨

闪光的早晨
人们在街上清理淤泥
早秋，暴雨已经停止
它来的时候我们在黑黢的酒馆
早晨商店打开门
停电了，我们回到原始时代
有些商店没有玻璃橱窗
街道不再干净
长者起得很早
他们谈论雨就像第一次下雨
他们经历了五十年可是一切都还新鲜
雷声使人害怕又让人安静
我们在停电情况下谈论别国
战争，惠特曼和大海交替浮现
恐怖主义的领土
森林在秋天更茂密
祖父像孩子游走在乡村公路
无人骑的马在草坪低着头
要下多少雨才能抚慰这拥挤的群山
森林会替我们挡住多余的大雨吗？
当我骑着车穿过它们

我们无处避雨
天亮后母亲去清理她的公路
我继续在山中骑摩托车
像游魂走遍每一条小路
阴云并没有散去
暴雨不会宽恕我们

雪　后

这种雪后晴空在西部也少见
早晨出门时
许多人都已摆好地摊
寒冷没有阻止谋生者走上大街
这里工厂密集，街道曾布满灰尘
雪后一切都被清洗
气温回升，房顶上的积雪融化
街道像又下了一场大雨
我踩着冰碴
从一群老年人的摊位前走过
他们教会我如何在北方生活
他们压低声音说
不要把豆腐的价格告诉邻居
这时我才想起你在的时候
曾多么节俭。生活宁静
那是漫长的夏天，我们在院中
吹口琴，读弗罗斯特在乡下写的诗
你曾珍爱的葡萄架现在空了
老邻居没有再早起
原野上，树木更显矮小稀疏
早晨看得很远，山那边的悬崖下

有一块空旷的墓地
我看见了，没有告诉你

镜子里的台阶

从动物园逃出来的金钱豹在我的梦中回来
它趴在台阶上变成祖母的猫
抚摸它的那只苍老的手变年轻
它属于我的表姐或者我见过的
但早已遗忘的某一个人
台阶消失，最后我们看到的将是地板
画上格子的地板
在墙上用动物的血写成的汉字
和旁边孩子们绘制的粉笔画
一个老人从壁画上走进派出所
他爬上台阶就看到他走失的蜜蜂
有一年冬天蜜蜂集体死在卧室的墙柜
在黑暗的森林中我又发现它们的身影
嗡嗡的，我会梦见影子，金钱豹或
父亲的影子
他们爬上台阶是多么困难
一级一级地不断在我梦中复制
这可恶的梦
它让每个人的父亲都死去很多次
它永远不让我看清我梦见了谁
谁的面孔带着血迹

它说心灵已经给我答案

那就是一首要在很多年后才能完成的诗

像一道闪电

我知道闪电是怎样形成的
有些年，我不停地给家族里的老人们
普及这一自然现象
他们多么愚昧
到老死都认为是神给天空制造闪电
那些被闪电照亮的夜晚
我依偎在母亲的身旁
惊讶于她也在暗中祈祷
那些老人的光阴被加速
昨天还在回忆童年
今天就只有风吹旷野之声
陪伴他们越发荒凉的坟地
一生像一道闪电，在无人信神的傍晚
成为后代的梦幻泡影
而他们，一直不曾击中过什么

听　雨

这么多年过去，隔壁的老邻居
依然害怕电闪雷鸣的午夜
雷声将我惊醒时
他正冒着暴雨去看望他的麦子
雨声覆盖一切
白桦林在黑暗的雨幕中
保护着他的麦子
去年我搬到这里时也是雨季
这么说
一年的光阴已经结束了
很多个午夜窗外的雨声不绝于耳
致使我常常幻想老邻居在地里走成我的亲人
走成我没有蓑衣和影子的父亲

中心大街

算了吧！这条街上没有人听说过桑德堡
更没有人见过我的外祖父
他们只是每天准时出来售卖蔬菜与瓜果
多么平淡苦涩的日子啊！
他们见过一万次古典的落日
时间久了他们就知道我是外地人
这个外地人每天都背着一个大书包
有时买过量的菜，好像家中有很多人
有时喝得醉醺醺的，到午夜才打开铁门
我的老邻居知道我的出租屋荒凉得
如同凌晨三点半的月亮
所以他偶尔制造一些咳嗽声
让我想起沦陷在沙发上的外祖父

黄昏礼赞

他拉着他的卷毛狗等绿灯
冬日的银杏树下
古老的建筑在他的身后温情脉脉
骑单车的男人筐里没有芹菜
他拐进巷子，要推开温暖的铁门
电线凌乱交错，归来的父亲脱下制服
标语，小广告，黄房子上的树影
那位在公园长椅上看手机的老头
像十年前的祖父
他在老照片中怀念消失的朋友
而外卖骑手给一个个独居的上班族送去晚餐
还有余温，趁热吃吧
矢车菊在这个已经不能再深刻的秋天和落日
保持着同样的颜色，那位放学回家的小女孩
开心极了，她吹着泡泡，在一辆警车旁边
对着天空发呆。有些台灯已经打开
暗黄的，窗帘褶皱，洗衣液好闻的芬芳
落日划过郊区的工厂
你的爸爸下班后开着电动车在地铁口揽客
一切按部就班，没有地震
没有战争，厨房外是堆满钢铁的工地

落日如同挂在高压输电线上的一盏圆灯
而那盏灯就要灭了，更多的灯打开
越来越多的人走进餐厅、广场和旧书店
握手，交谈，等待出租车
大街车流停滞，门在等你回家

福日升建材厂

我在夜晚到达这里，父亲在路口接我
他的身体歪斜在路灯下
像一棵将要倒下的枯木
晚风吹着我们，岭南依旧炎热
他抱着我的行李箱穿过院坝
到处是机械轰鸣声，大货车进进出出
他给三个人打招呼
都说：这是我儿子，特意从新疆来
接我回家
我跟在他后面，看着他爬到三楼
弯腰放下箱子，再从门口垫子下摸出钥匙
打开门，打开灯。为了迎接我
他专门把屋子收拾得干干净净
他给我煮面，除了盐，没有任何调料
他生活清淡得像风
他烧水给我洗澡，为我铺床
那一晚，他是我的母亲。现在他已经睡了
翻了几次身，我看见他柴一样的手臂
搭在床沿，似要掉下来
我给他盖好被子，轻轻走到阳台
这个厂里还有许多人上着夜班

大灯把厂坝照得通透，一些人在装车
我的父亲
一生之中有过无数个这样的夜晚

发薪日

就是在这一天
我安慰刚刚失业的杨正
他之前是一家房地产公司的金牌销售员
失业后他不知道要去哪里
广州的夏天很热
我看见他回到屋子
倒在布满汗渍的凉席上
他仍然穿着正装
像是刚从以他为主角的婚礼上回来
房东的空调悬置在有绿萝的窗台上面
发黄的，还有那把红色的椅子
有一次他全身赤裸坐在上面给我打电话
那时他还很热爱生活
每天睡觉前都要看一眼广州塔
迷绚的灯光。他很爱紫色
紫色闪烁过后他就要睡觉
如今他的电脑和台灯瘫软在桌面
墙上那张精神错乱的地图上是十年前的世界
有些地方尚未命名
有些楼盘还没有开发
有些江水还很清澈

我们还没有离开昭通
他的楼下是黄昏光临的大街
一些本地人带着放学的孩子
爬上楼顶，他听见笛声
催促着车辆和时间前行
外卖员在早晨敲开他的门
随着走廊里跃进的光线
给他送来早餐
餐盒在晚上依然没有收走
衣柜敞开着
没有人躲在里面跳出来给他惊喜
就在前几天
他还说这个城市的每一个楼盘
他都十分熟悉
在花都区，他的房间里没有一朵花
实际上他只有十平米的房子
除了床和一个小型洗手台
只有他一贯单调的影子
在那里起床又躺下
时间周而复始
凹凸的日子已经结束
明天他将重新谈论云南

重　阳

一个独子移居外地后
他的家庭就解体了
他的父亲在无双亲的房间中
变成白发孤儿
她的母亲还是少女
整天在杉木森林中割草和唱歌
那间屋子如此安静
在那里生活过的人已死去百年
他的父亲用手触摸墙壁
在暮色中感受生命的凉意
另一个溃散的家庭
在另一方
和罐子住在一起
数场雨后罐子装满清水
罐子从外地搬来
充满旅途的艰辛
每天他都要在水玻璃中
观察自己的分身
而悲哀的人早已离去
只有他在睡眠中
察觉到父亲的身体在变小

最终和他完美镶嵌在一起
他们的身体变成一座秘密医院
在医治怀乡病的同时
也重建衰落的家

寒露，去墓地

星期五我坐公交车去墓地
菊花已经开败
秋天路途清晰
荒草埋古径
瘦林落松针
有人在空地生火
有烟在林中飘散
这时听见林间传来哭泣
世上只剩哭声
麻雀羽毛温暖
乌鸦嘴喙沉重
远处挂着纸衣
是轻的
林中我选择一条荒径
土葬的坟
小碑写满他们的考妣
我没有亲人埋葬在这里
故乡不同层级的梯田
埋着旧社会的儿子和父亲
麦子种下去了
玉米挂上墙壁

柴薪堆靠在院中
去墓地是因为墓地有秋天的滋味
此时水泥凳上坐着男人的晚年
他的白衬衫外披着风衣
风早已不刮
只有衣服垂在那里
只差一场雪
我们就进入寒冬
在北方
这是我们必经的旅途
我坐在他的身旁
像他暮年的朋友
像他墓中的亡妻

图书馆所想：致博尔赫斯

阳光从窗缝漏到我摊开的书上
可以借此照明斯宾诺莎和他磨镜片的一生
可以被笼罩在他的上帝之中
但上帝关闭了博尔赫斯的窗，晚年的他
见不到布宜诺斯艾利斯任何一缕明媚的光线
一个失明的人，在黑暗中构思
清晨、市区和宁静
世界充满神秘、悲观和乐观
上帝已经让这个世界处于
最好的状态
所以，不要再为谁不幸的一生感到难过

夜晚的离乡

在黑暗中你才能感受到雨淋湿了你的父亲
你不小心摸到他的棉衣，在春天
摸到他湿漉漉的白发，时间拔走了他的牙齿
让他不知道要说什么，他掂量你的行李箱
觉得太重，应该提前寄走一些东西
他以为你仍在一楼靠右的教室读一年级
离开了他就会摔倒在汹涌的河里
可这已是你工作的第二年
生活在他没有去过的城市
那里没有非过不可的河
只有春天我们才会湮没在一片花海中
没有烦恼的时候人们会感到心情愉悦
整晚都在楼顶唱他们喜欢的歌
他没有见到过整月都晴朗的天气
或者下雨的傍晚一辆公共汽车在桥下刹车
如果他看到你骑着自行车在车流中穿梭
如果他看到你的桌子上摆满泡面桶
里面挤满密密麻麻的烟头
他会叫你回家，睡在他的隔壁
而现在，你正沉迷于退去的故乡山河

山中课堂

雷阵雨在许多日子以前来过
林中至今潮湿，腐烂的木叶
一棵多年前的树桩
斧斤以时入山林，孟子懂得的道理
我父亲也懂啊
他总是在一个个秋天砍树
制作木桶、盆、梁木
如今我就在这里
昆明市西郊区的森林中
阳光抚摸我刚刚剪短的头发
这是父亲喜欢的样子
他说这才像一个小伙子
有些年我和他们一样酷爱长发
说那很潮
不记得从哪一天开始我将头发剪短
不记得从哪一天开始我不再帮他提着斧头
跟在他后面走向野山
而我独自来到山中，不伐木，要在冬天
按时写诗，这样在花开时
我们才能阅读冬天的旧作
我的许多课堂都在四壁冰冷的教室

现在森林教给我的知识已经很多
和父亲教育我的一样
他告诉我有些树住着神灵
我们永远也不要试图在它们身上得到什么
遗憾的是他不懂诗歌
他沉迷于走路，不停地走路
他走过很多地方，见过很多森林
而我每次准备停下来的时候
都听见他的声音，命令我往前走

怒　江

有什么日子妈妈整日歌唱?
歌声感动一条大江
江水流到那片沼泽遍野的丛林
妈妈没有去过东南亚
那片岛屿被没有尽头的大海
日夜包围。老虎和大象终日为了孩子奔波
有些天我们对生活无能为力
妈妈就不歌唱了
妈妈在砖厂把砖头码得好整齐
妈妈让蜘蛛在家中自由结网
让寻找食物的蛇敲开房门却扑了个空
有几年，异乡人说着我们听不懂的话
是妈妈把它翻译成我们的语言
怒江远去了，我的弟弟在怒江边的一个工地
建设水电站，我觉得他的日子好自由
可以随心所欲地开着车经过丛林和少数民族的村寨
有些天鸟雀呜咽，经幡飘摇
一些亲人纷纷倒在无边森林，他们的生命终于过期了
我们给自己的心脏和眼睛贴上保鲜膜
让怒江就此远去吧！让那些歌唱者从江水中
找回属于她们的声音，让怒江回来

在我的出租屋下一个月的雨
让我的爱情生霉，心脏疼痛
让妈妈留在河南，驻马店北部
让我自己修补创伤

珍贵的夜晚

布谷鸟不叫了，只有汽车
从桥上呼啸着远去。泰山岩岩
山下是一片熟透的麦地
夜风乍起，等我吸完最后一口烟
就回去吧！骑着我的小电车
回到夏天的出租屋，门被打开
月光的磁性，让庭院中的万物跟着旋转
那是蟋蟀的叫声，我听到了
悠远的夜晚，我坐在小马扎上
在黑暗中捧着契诃夫
那些小人物就要长大，他们将要
离开家乡。吹响门的只有温暖的风
死去的人不擅长隐喻
凡卡的童年，消亡的乡下祖父
消失的爱人目前住在省城
往事一件件来临，伤感的题材出现
花朵枯萎，药片过期，房间落满灰尘
就是现在，我在黑暗中发现这一切
惊觉她走后，我的灵魂每每在深夜里
陷入危机

拥抱湖水

那一汪湖水是多么可怜
我曾在无数个黄昏拥抱它
把它带到卧室
给它装上废弃的铁船
它和我抱紧时我感到世界的温暖
在浅睡的梦中，我听见自己关门的声音
母亲一次又一次叹息的声音
微弱，但已经潜入我的心底
我在无数清晨把它放下
像放下一个装满清水的沉重木桶
里面溅出鱼群，像放下一条鱼
里面有祖父布满褶皱的面孔
有时是一朵野棉花
它擦拭眼泪和新鲜的血液
湖水有一天变成雨滴
从杉木皮覆盖的屋顶落到门前的浅沟
许多梦境因此开始，模糊的水桶
我们通过一滴水可以看见青山扭曲的影子
祖父的青山已经由我继承
因为父亲也已垂垂老矣
我坐在通往棕榈树林的小路上写日记

那时我已经不会获得安慰
因为我已经长大，多次远走他乡
已经不会感到委屈
此时在我眼前的是我不曾见过的风景
每一天我们都去领悟，去长大
去学着祖辈衰老，谨慎地和人们相处
我被一群跳舞的人围在中间
火堆照亮我的脸庞
我不会再去拥抱湖水
以后我更愿意拥抱我的父亲
他没有第二个儿子
我必须承担他的一切孤独

一月的远行

他的祖父一生都坐在火塘边
去世后又埋在烈火中
彼时大雨茫茫，火焰在天空卷曲
暴躁的火，人性的火
此刻给我们供暖的大火
燃烧在远离城市也远离乡村的山间
我们捡来枯枝
松枝燃烧的噼啪声带来宁静
四周都是森林
我预感到会有一头麋鹿漫步下山
用它的舌头舔舐我的头顶
它需要盐、温暖和陪伴
有一人他已经被审判
他出狱后将不会回到家乡
直到人们忘记他的罪行
那是不可能的
除非认识他的人都已死去
但这都是十五年后的事情了
我想到这些事，就往火塘里添一些新柴
有一人说坐在火塘边就想起他那曾经存在的家
他曾在那里梦见一次没有目的地的远行

现在这场远行正在进行中
他要拍拍身上的柴灰
去寻找一个更像家的地方
他的瓶子里备足了清水
背包里有足够的食物
他要像他的祖父一样寻找到属于自己的火
他要葬身火海
他要养育一朵完美的野花

在第二卧室的一个梦

雨季到来了，我在早晨穿过湿漉漉的大街
酒醉的身体慢慢获得苏醒
鸟鸣不止，田野里有几辆三轮车
一些孩子经过我身边去往第一小学
我感到有些孤单，回想起父亲告诉我的
当穿过人群时，我们的孤单会被放大
所以建议我多接近草木，多住进深山
我不具备他的条件，这些年
总是灰色的建筑和桥梁围绕我
所以当我回到出租房，我想去睡觉
睡觉前手机里的一些声音在控制我
古筝，笛声，一个女子在讲述苏东坡
艰辛的人生历程。就这样我睡着了
窗外又在偷偷下着雨，绵绵不绝
梦境的感觉永远是神秘的，不可讲述
当那扇门被打开，我首先看到狮子和鹰
它们的搏斗使得羚羊脱离危险
斑马一群群越过无尽的草原
此时我遇到久违的晴天，云朵真漂亮
喜欢的女人正在湖边和她的男朋友拍照
我也拿出手机，想拍下云

事与愿违，手机不允许我接触愉快的事物
随后起雾了，那蓝色的雾覆盖在一片冰面
我不知道连大海也会结冰
一些人开始出来谋生
我见到矿工，擦鞋的女人正在给他擦鞋
我见到下海捕捞返回的人
他的原型应该是前女友的父亲
那位最终死在出海途中的人
还有我的朋友，他死在上班的途中
我没有意识到他们已经死了好几年
还像以前一样和他们对话
可是没有人张口，大家都在死寂的海滩
干着各自的事情。又像是一个大型工厂
一些无形的压力开始让温馨的梦境走向噩梦
我知道，这就是爸爸年轻的那些年常给我讲的丰都
灵魂居住的城市。鬼居住的乡村
哦，死人的世界我第一次来，死人的世界
也充满劳绩！那么死是解决不了任何问题的
它不能逃避悲伤、孤独、艰辛
醒来的时候那位女子依然在讲苏东坡
她说到了定风波，东坡在晚年
终于回到孩子的内心。山水俱在
人生不过是少年时在母亲怀中的一场梦

如果有人见过大海

那些无法离开湖泊的渔船上住着渔夫一家人
他们终日在风吹日晒的湖上捕捞
如果有谁见过大海可以向他们描述大海的宽阔
那些见过大海的人已成为漫游者
忘记故乡忘记回家的路
有个下午他成为无法回家的人
拴在夜晚的船上夜晚的湖泊夜晚的大海
如果有人真的见过大海
请不要向他描述大海的苦涩大海的荒凉

无望的

朋友走了就不会再回来
准确说是前女友走了就不再回来
当然我会多次来到她的城市她的故乡
因为那也是我的城市我的故乡
每次回来就一个人在深夜的大街上散步
无目的地无希望无倦意
会想起她在某一栋楼房中已经熟睡已经做梦
我就深陷悲伤并假装在公交车站等她
这么晚了已经没有公交车会路过这里
更没有一个拿着遮阳伞的女孩从车上下来
我就这样等下去直到太阳升起太阳落山
众神迟到众神已经永久缺席
你已经感受到了生活的焦虑和无望
你已经感受到了大海泛起痛苦的泡沫

在扶梯上

允许那个吉他手赚不到钱而号啕大哭吧！
允许人们在地铁站卖艺，允许乞讨
允许昨夜失眠的人靠着扶杆睡一会儿
他真的好累，还拉着行李箱
这个城市太忙，我来了
见到和上一次完全不同的人群
他们把我拉上高架，又把我放在街边
在人群中想起曾经和我热恋的女人
如今我听别人说她在这里准备开个小店
我不能找她，请允许我的内心下雨
在扶梯上我看到一个很像她的人
这让我紧张了一阵子
以至走在大街上都是恍惚的
觉得每一个扎着马尾的人都有可能是她

兰　州

端午节晚上
野子给我打视频电话
他在兰州
黄河边的烧烤摊喝酒
几个朋友在一起
朗诵诗歌
他站起来
在一座铁桥边
要给我看黄河
要给我看兰州的夜晚
他的镜头摇晃
我看见更多的城市灯光
安静的大河整体呈现出黑色
因为夜幕笼罩
也有颜色交织的波光
那是城市的倒影
他说如果他跳进黄河
如果他有世界上最好的游泳技术
也许在秋天到来之前
他就会游到山东
可是现在，他醉了

坐在几百万人的兰州
和我视频
那也是我去过
并在无数个深夜途经的兰州
有时我会在绿皮火车上醒来
看见火车停靠在兰州站
下车抽烟的间隙
一些民工和大学生涌入车厢
那时我去新疆
面对一个人的孤独旅程
我自有我的空旷和不安
那时我回云南
面对失败
我有自我安慰的良方
野子显然很醉了
他说多少次在诗歌中和我
相拥而泣
这个白净的青年诗人
一点也没有染上西北的风色
好像他久居江南
是第一次去到兰州的黄河边
那年我在白天去兰州
在中山桥拍张照就走了
我刚开始写诗
还不认识野子

更没有预料到
在我离开后的第三年
我在视频中看到兰州

自习室或油画展览

你突然看到墙上挂着你的外祖父
和他那件皱巴巴的棉衣
小凳子上放着洗净的苹果
停在港口的白色帆船
带来一个久远的黄昏
乔安娜离开巴黎
那个令她伤心的城市
大海已经平息
春天从昨夜的花坛开始
闷热的屋子
你的父亲点着煤气灯吃土豆
某种恻隐笼罩我们
这样的场景令人熟悉
你从沙发上起来
要去摆正十五朵向日葵
紫色的鸢尾花来自你的故乡
那里的河流多么湍急
它带走了你可爱的妹妹
你还见过海牙广场和昆明最长的一条街道
夜幕降临的完整过程
那些迷茫的人群

我们无数次骑着自行车
穿过他们
那么多的事情都像是发生在昨天
现在，你和我们都置身在这间自习室
或油画展览厅
阳光在窗外使花一朵朵盛开
一座花园在展览室的门口等我们
而你还想在这里坐很久
直到你曾梦见的，久久不能忘怀的
那个单调的影子
在你内心出现

浙　江

星期五，挤在人群中去高铁站
太阳强烈
在列车中看见北方的麦田
在列车中打开书
趴在书上睡觉
在列车中做梦
有人杀了我的父亲
无边的绿和村庄
叔叔在南方种植水稻
傍晚
又在另一群人中挤进地铁
无数种生活在一节车厢中穿梭
在人民路站下车
通过自动扶梯来到大街
人民路有一座酒店，二十层
透明的窗子挂着橘色窗帘
窗门紧闭
手表独自在桌上旋转
有一列火车停靠在嘉峪关
整晚都在梦中寻找水龙头
抱着马桶吐过两次

在摇晃的清晨醒来
又去三座寺庙，没有佛像
只有博物馆，用于展示的石马
没有鼻孔和尾巴
我的马在悬崖上吃芭茅
在它的四周我寻找代表幸运的四叶草
杭州带有霉味的空气围绕我
那是一种好闻的
离开后就会怀念的味道
在湖边用晚餐，大酒坛子
抱着他拍照
黄昏又一次使我眩晕
桌布为何如此干净
让我感到羞耻，约束
准备在上面画一幅湖光山色的画
没有准备笔，啤酒盖划破手指
在上面画了一个符号
那将是我永远解不开的谜
同样酒醉，在深夜的医院
等着朋友从昏迷中站起来朗诵诗歌
他站起来的时候
夜色已经不允许我们作诗
在雨点中告别
他们把我留在公交车站
保罗·策兰的诗集，朋友送的

我带着它去湖州
在深夜和姐夫的工友们抽烟
探讨如何在一天花掉二十万
星期一，没有人送别
和刚刚睡醒的司机聊天
知道他来自云南
我隐藏了自己的方言
我要去山东
不想让他知道
故乡的每一个人都在漂泊

傍晚一种

建造大桥的工程就要结束
工人们还没有下班
钢铁闪着柔光，橘黄色
高压线点亮童年的白炽灯
活动板房内
有一个四川女人正在准备晚饭
更多的人骑着电瓶车回来了
车流中
你看到一种傍晚的凌乱秩序
要找的亲人都在这里
可没有一张面孔令你感到熟悉

史蒂文斯

他一辈子都没有想到
有一天会被一个中国诗人
带到郊外的土路上
诗人边散步边读他的诗
傍晚的一切都是闪光的意象
可它们并未象征着什么
它们只是它们自己
杨树就是杨树，麦子长在麦田
坛子盛水，父亲用于追忆
只有农家小院门口穿丝袜的短发女人
多少与乡下的特征有些不符

暴雨过后

暴雨过后我走上街
洪水带来污泥和树枝
它们旋进下水道后
我坐在叔叔干净的摩托车上写诗
纸张被剩余的雨点浇透
墨水扩散有人说我在画一幅山水画
此时山是灰色的，有些人在山中淋雨
没有回家的人也没有人在沙发上等他
有些人遗失在雨后大雾的森林中
我想去找到一支可以画出各种颜色的笔
可是天黑了
我们的世界只有黑色和灯光下少量的红
一个人抱着他被鞭炮炸裂的手跑进医院
我在路上遇到他
这个傍晚我见到了真正的红色
他的血迹消溶在雨水中我感到他的疼痛
仍然有人坐在湿漉漉的石凳上卷烟
他吐出的烟雾随后就会被炒菜的儿子叫回
我和这座雨后的小镇产生共鸣
一些人和我一样走上街
她们提着篮子穿过菜市街去到新兴超市

后面跟着一个或两个含着棒冰的孩子

暴雨之后天气清新但他们的棒冰也会融化

他们的衣服沾上泥点他们会把它丢在床脚

难怪我的很多衣服都找不到

仍然有孩子在路灯下写作业

他在计算收银员应该找给妈妈多少钱

他的爸爸出现在稍后的作文中

这个孩子的爸爸是一个坏人

因为他整年不回家

暴雨之后我带着衣服离开碗厂镇

我最后遇到的矮脚马它的臀部受了一点伤

它低着头在木桶里喝水

我走了

它没有挽留我

徐　州

邓焘，四年前你拉着行李箱离开这里
如今我来，感受到你留下的微末气息
高铁站修在中国矿业大学的东边
我没有下车，空旷的麦地站着几个妇人
邓焘，我的酒还没有醒。
明天我就要去北京。在那里做梦
抱着一个婴儿找他的母亲。在那里买花
路过或停留在徐州我都只能想到你
我的朋友，西双版纳丛林里的公务员
这么多陌生的旅客和我坐在一起
我的窗外飞来令人疼痛的阳光
那些死去多年的人
请让他们住在雨滴中
并排着坠落下来
如果哪一天我加入他们的行列中
请你务必认出我，在人群中
将我带回家。
可是什么时候
徐州才会在我途经它的时候
下雨啊！

纪念碑

——兼致老四

如果有一天我们都已肝硬化
住在一座蓝色的肿瘤医院
我们是否还在深爱着酒精
往事遥远，只记得徂徕山顶的一块巨石
在暮春迎着风想要起飞。那一年
我们多么渴望自由，多想去济南与广州
北方的人总是生活在严寒里，而我
也从不怀念闷热与丛林
当晚，在某农家小院，我是否说过
阮籍绝不是狄奥尼索斯
阮籍的痛苦也从来没有超过我
有时，我们说起祖母把藏青色的外衣
赠送给田野里的稻草人
她在夏天是多么崇拜谷神与雨神啊！
我们说她不爱酒，但永远为客人准备好烈酒
夏天如此优雅，那一晚的故事其实
发生在唐朝。江非对我说
这是李白把杜甫扔在被窝里
自己一个人偷偷溜走的地方。我说
写现代诗的人酒醒后会开着车去追我

尽管山路曲折，夜晚的村庄
围绕着山脉旋转。那一天
我在他脸上看到儿童的微笑
知道我们都中了酒精和诗歌的剧毒
无法自拔，像鲸鱼深陷大海
并且突然深刻地意识到每个人
都将在衰老前死去。
那老杜病逝江心的时候衰老了吗？
帝国沦陷，北方黄沙莽莽
你的眼里尽是疮痍的山河
而老四虽然发际线较低
可是人生未半已白发苍苍
他有济南和临沂的焦虑
而我的心慌来自昭通

海　边

三点十分开始下雨，我们的车在海边奔驰
打开车窗，雨滴进来，淋在我的眼镜上
模糊中，我仍然察觉到这个避风港很安静
大部分船只空空的，它们挤在一起
袋子里装着你父亲的火化材料
还有一些他在海上捕过鱼的证明，你握得很紧
仿佛一放手，关于父亲的记忆就会全部丢失
你盯着大海出神，天际线始终没出现孤帆远影
你意识到父亲始终不再会回来。大海
怎么够清算你眼珠里的悲伤，风进来
就是为了吹乱你的头发
四点二十分雨还没有停

海边夜晚

夜色和潮水终于可以一起来了
再也不是彼此形容。站在海边
风的温度提醒我们，人间真实
毕达哥拉斯神秘的数字构成五十九只渔船
七十七盏路灯，十八个路过的家庭和
我们看见的其他现象。这个时候
太阳一定藏在海洋底下，月亮和星辰
是地面事物的对应，海鲜馆里红酒杯相互碰撞
玻璃将碎未碎的声音使夜晚更加扑朔迷离
你始终不知道海水和海产谁才是腥味的源头
平静的大海吞噬过多少鲜活的命运？
当明月低于大海，日出使海面失去蔚蓝
我们终会相信，人世有太多东西不可抵御

海边小镇

无数条河流汇成的大海呈天空的镜面
赫拉克利特该怎样解释海面的相对静止
在时间中站住的人向我们挥挥手，不停后退
彩色房子，风过巷口，你在吃饭的时候流泪
海水不时反射出一束金色光芒，告诉我
该怎样对待悲伤和喜悦的临界状态
海边小镇，你迎来一群清晨之人
在黄昏把他们送走。你在收纳他们因为亲人逝去
节下的哀伤后，看见谁在后视镜中把你追赶?

海边照相馆

我们爬上山腰，就看见大海
和海上的岛屿。为了找到一家照相馆
我们用普通话问了五个人。再过三天
就要把你的父亲运回故土，在这之前
我提议，给他做一张遗像，再写一些他的
生平事迹，语气尽量模仿《史记》。写完
我仿佛看到几百年后，有人追念他们的先祖时
发出赞叹。海边停着许多归港渔船
也有许多准备出发。海上有船正在回港
帆白色的。你的父亲曾多次从这里出海
又多次归来。今天，台风很大，很冷
这一次，他终于不用再出海了。

过三清山下

车走出浙江，大面积雨水从四周跟来
雾尚且在山顶，不过已有下山之势
这座山的名字我很久之前就听过
那时我还无法区分佛教和道教
认为死了的人都成了神
今天我们路过山下，刮风下雨，黑夜将至
所以只能看到三清山模糊的轮廓，飘飘缈缈
昏黑中，觉得身处神秘之所，不知何时
才能走出迷雾。因为事情紧急
我们超越一辆又一辆汽车，我在薄雾的车窗上
画了一个卍、一个十字架和一个八卦图
为了亡魂飞升，我什么都要信一些
商务汽车的前面放着亲人的骨灰
他客死异乡，从浙江沿海的火葬场到三清山下
我们都在口中，或心里呼喊他的名字
从哪里来，就回哪里去。车到上饶服务区
我的朋友说遗憾不能去拜访大文豪辛弃疾之墓
说到遗憾，南方的阴雨天气更加绵长持久
更大范围，铺天盖地

辑三　我的小镇

午睡的梦境

我醒了，母亲在阳台给二姐叫魂
时间是下午六点，父亲带回镰刀
风吹松林。去年的庄稼分给亲戚
去年的草帽遗弃水井边：茅草新生
去年的鸟雀只有乌鸦回来
有个孤独的人，他走夜路
回到雨水的老家
我梦见他时，他正四十岁
头的边界还没有白发
他坐火车穿过贵州群山
从港口回到火炉边，说起金枪鱼
穿山甲和古老的黄昏
我们的先祖到这里的第一年
那时他们住在荒野中央
一百年后我和姐姐去割韭菜
露水打湿她的头发
竹林漏光，春笋不卖
如今姐姐已是别人的妻子
我在深夜回忆这些并写这些诗
出远门的姐姐要在途中阅读
并流泪

飞　蛾

深夜它飞到我的卧室，向着伟大的光明来
它落在洁净的地板上，我注意到它小小的翅膀
哦，是一只幼年的飞蛾，才蜕变不久呢
我没有打扰它，让它置身自己的光线海洋
我取下眼镜去洗澡，回来时因为视力模糊
它死在我的拖鞋下
我感到罪恶和更多的怜悯
它才来世界几天啊，春天才刚刚开始
就死于意外，我捡起它的尸体
把它埋在朋友送的种兰草的盆中
花盆变成它的大坟墓，我稍感安心
昨夜梦见兰草开花，白色的花朵像它的翅膀
它从花盆里活过来，飞向茫茫黑夜
(它不再相信光?)
我知道它已经原谅了我

寻檫木记

为了再见到它，我走了一天的路
它还在悬崖边废弃的水井旁等着我
蜂斗菜和鸢尾花开在它的根部
太阳已经翻过这座山，风还是凉的
多种蕨类我只认识两种，植物图鉴忘记家中
路过两个老头我都面熟却已不知道如何称呼
我在暮色中回到掌灯的小镇，带着一朵黄花
穿过菜市场和平安路，住在平安路的朋友
昨天拉着行李箱走了。
我把花插在李清照文集旁，此后它要学会
接受枯萎，我要学会接受孤独
比如今晚我会梦见差点掉下悬崖而无人救我
我要学会绝望

在医院，遇见初中同学 Q

很多年没见了，如今你是医生
难得的晴天可是已到下午六点，我在人群中
读帕斯捷尔纳克的诗，公交车停在大雨茫茫的
小板桥镇。那时我去省城的郊区找工作
今天你叫我名字，大概有十年了
我才看见你黑色大眼睛和蓝色口罩
我送盲人回家，经过中午的戈壁
认出你时你正在一张体检单上签字
已经找不到那时你写给我的信了
你的字迹褪色在潮湿的房间
房间现在贴着博格达峰，哦，雪和金色的星空
你在黄昏的教室门口背单词
坍塌的花台上站着我们的历史老师
真的过了好多年，他仍是一位先知
一次我在深夜坐火车去北方时推测你在故乡失眠
回家后看见一个老头在工地歌吟
后来我在傍晚午睡
梦见在黑色海中游泳
总在溺死边缘回到陆地。你吹来的风
如今已成雾。我梦见破旧的百年故居
鹿和猫头鹰在灰色墙壁上喝水

你一身白色，站在草盛的旷野。我不敢叫你
回家，我们的家已转交给蜘蛛和蛇
它们在我走后繁衍了好多代，春芽在你身后
涌起，我抱着火炉走向雪山
你就坐在那里别走

乌鸦要去哪里觅食

土地翻新一小块，作为庄稼仅存的
象征。那天中午阳光如神灯，一只乌鸦在地里
觅食。它认真劳作，像十年前的
祖母。我站在地坎上，盯着它出神
它在小木块和蚯蚓间选择，它还没叼起蚯蚓
就发现了我。我吓到了它，它惊慌地，飞到
一棵杉木上，叫了几声。此后我没有再看见它
哦，我感到歉疚，是我使它失去最好的捕食基地
孤单的乌鸦，它的孩子在何处嗷嗷
待哺。它要去何处觅食，我翻了几本诗集
想以一句关于动物的诗安慰它，它知道
悲哀的物种还有很多。猫咪带走了它的乡村医生
猫头鹰还在午睡。果子狸躲在深山
梨花睡醒后，我在河边
看见我的墓碑倒映在水中
我得向乌鸦们鞠躬，我的歉疚
缠绕我很久了

反光镜中的黄昏

下午六点四十七分，黄昏来到我们小镇
珠颈斑鸠咕咕过后，祖母提着水桶进屋
二叔在反光镜中带着疲倦回来
扫路人坐在台阶上玩手机
有一朵花在我家天台上生长
花下埋着一只被我不小心踩死的飞蛾
我在黄昏中悼念它
这个小镇唯一对诗歌永远热爱的人
在反光镜中给他的朋友写碑

落日礼物

二十七岁前我登上小镇南面的山顶
第一次看晚霞从我家楼顶走过
它走后阳雀拉长的声音穿透晚风停住的森林
此时父亲手持老式电话从另一座山上回家
落日给他的礼物是在他的头顶铺上一层
金黄的薄纱，那使他看起来像一位君王
我读完安东尼奥·马查多的最后一行诗
西班牙的自然风光围绕我们小镇
那里住着我的全部亲人和部分朋友
以及唯一的诗歌写作者
那样温暖的一刻
夜幕点起百姓家中的灯
我在昏暗中漫步下山
落日送我一个心情愉快时才会做的梦
它的开头和结尾都是白色石梯
有杉树和香樟的森林中开满蓝色鸢尾花
一位外地泥瓦匠在休息的片刻点着烟
他很快就能得到晚餐和深度的睡眠
这是落日的厚礼，我们满含热泪地接受

在杉树

在雨季，一条河就这样干了
我们从桥上过，看见它
裸露的遗骸。水草苦等着生长
今天的杉树乡很热
我们来游泳
带着失望坐在从前的河边
古老的村庄仿佛世界的尽头
人们无所事事，也不午睡
风隐隐作痛，坐在大石头上的游泳之王
悲哀地掉头请求离开
这条消失的河流曾给我隐喻和想象
我描述它，并用它代表过童年和
永恒的时间，这褐色
大地崭新的伤痕

无边森林

不写诗的中午，我在密林中遇见诗
他们砍倒最大一棵栎树之后的第十五年
我在夭折侄子坟前发现酢浆草的红花
像在世界地图上找到我们村庄一样兴奋
我告诉坐在木桩上抽烟的三叔
我要把它移到社区最高的天台
让它接近阳光
三叔低着头清理鞋里的沙子
这使我看见他因童年营养不良耸起的驼背
像黑色的珠穆朗玛峰
风在密林停住
三叔已经没有多余的头发让它飘扬
在最渴的下午四点
我们找到童年饮牛的小溪
这是祖辈的恩赐，祖辈已经成了森林之神
筇竹林冒出笋尖，它唤醒三叔
贫困的记忆
没有收获的我们带着蕨苔离开
紫白色的鸢尾花就在脚下
无边森林，我们走出来时已是日暮
天地一色，唯有三叔那辆二手摩托车
在乡村柏油路上点着灯

教　室

放学后我们有各自的命运，有人去了北京
我们学过唐诗、瀑布和江河
有人溺死在人海
学过带方言的拼音，有人走不出故乡
学过道德与法制，有人上了法庭
学过经济特区，有人在那里的电子厂谋生
哦，我们还学过很多东西，在那间
如今已废弃的教室。那面钟还挂着
并永远指向四点二十七分，那一刻
风从破窗吹进来，我左手捂紧
通红的耳朵，右手高高举起
回答老师的最后一个提问。他问的问题
我至今没找到答案
残破的教室
昨天下午我站在门口不敢进去
像迟到很多年的小学生

在此山中

毛雨天气我常常去到山中
每一棵草树都承载着雨水
当我摇晃树
一阵暴雨又降落在我的身上
衣服和鞋子打湿是令人愉悦的
别人无法接受的战栗让我一个人在深山
慢慢享受。有时要带着弯刀
像父辈一样砍下一棵恰到好处的小树
带回家做刀把或者把它挂在墙上
很多年以后它干在我们不再居住的房子中
房子已深处林中
我又回到那里，父辈呢？
他们日夜操劳的堂屋被雨水浸润
没有人居住的屋子总是容易朽坏
在此山中，它的阵地显得脆弱
当我扒开杂草扒开灌木循着多年前的小路回来
全身皆已湿透
在我们崭新的水泥建筑物中
我在那间书房换下被雨水打湿的衣服
把头发吹干，煮上初秋来临时的新茶
时光是倒退的，今天我没有带回小树干
没有人会懂得我这种隐秘的绝望

在楼梯上

阳光让人衰老
这是我在楼梯上发现的秘密
在我们的楼梯上
每天我都看见一些更苍老的人
缓慢地爬上他们的家
天气好的时候阳光在他们的身后
撵着他们
如果像今天
楼梯中充满大雾
他们会走得更慢
当他们坐在沙发上
天就黑了
走得更快的人出了远门
他们在别的地方给楼梯上的父亲打电话
听力也变得缓慢
迟钝，像一把刀已经不能再使用
那就放在厨房让它自己生锈
每隔一段时间
都有一个老人从楼梯上消失
这些无法离开故乡的树
重新回到他们的森林中

欣喜的是我下楼梯时速度还很快

我还年轻

有一天在楼梯上我遇见回家的父亲

这是一次令人心惊的体验

那天傍晚天气很好

他在那里

欣赏后山完美的落日

模仿父亲

他告诉我街上在下大雪
我正在努力重新睡去
他模仿父亲的声音
语气和词汇
用他的号码给我打电话
说他像父亲一样
提着锯子在雪地锯柴
提着斧头走入雪人的深山
他把柴抱到火塘边
给野雉烧火取暖
靠着沙发睡一觉
醒来就看见野雉
在用雪堆野雉
他看见雪野雉飞入大雪
他看见祖母熬制汤药
她在模仿遗像上的祖父
这是碗厂镇的冬天
许多人都在模仿我的父亲
给我传达雪的消息
那天下雪时我在水泥桥上读卡瓦菲斯
阳光灿烂，有很多花都在开

你无法想象雪是什么样子

有几个挖开地面的工人

用奇怪的眼神看着我

仿佛骗局被他们拆穿

仿佛世界上真的有一种东西叫作雪

而他们同样在模仿我的父亲

土　碗

那片空地曾有几个土窑，后来长满蒿草
某次会议后一条三十米大道在那里新建
现在已满是小洋房
人们忘记热火朝天的日子
他们的父亲或祖父曾在那里做小工
生产的碗销往各地
已经很多年没有见到过那里生产的碗
不知土窑在哪一次大雨后倒塌
在外的七年每当想起故乡的名字就想到
那些躲在墙柜角落的土碗
它曾装过童年的和母亲的味道
现在它们大多埋在旧房子拆除后的残砖断瓦中
古老的尘埃，它们又回到土里
我以为再也看不到它们
直到择业闲居在家的某一天
母亲拿出一个旧时的土碗
用它装上我喜欢的辣椒，哦
那蓝色的花纹，不规则的秩序
让我们回到贫寒快乐的日子
它掌控我今天的晚餐，世界仿佛
以它为中心

故事集

许多人都老了，我们顶替父辈
承袭生长。他们的孩子学会说话
有人张口叫我伯父。我们的马匹卖给四川贩子
整家搬进新房。老房子拆除：一代人倒下
他们的墓碑长着野草和青苔。逐渐被忘记
白云如往常，在天幕低垂时欲滴下雨水
但最后是浓雾将他们埋在青山中
冬天的露水就要结冰。世界是晶莹的
他们不再使用麻布和棕榈。他们不再进山捕猎
布谷鸟和灰雀落满旧时的庭院，没有庄稼
木电线杆和祖母的顶针。没有生锈的斧头
大雪穿过祖父曾经放置棺材的天楼
大雪覆盖他珍爱的土地
他们长眠在这里，是神欺骗了我们

落　幕

二十一世纪第二个十年结束之际
父亲拆除旧房子，落日掉进滇池
记忆中的老头们神秘地消失
喷气式飞机在天空布置白色跑道
谁的老母亲在官南大道研究她的垃圾分类学
纸张　塑料瓶　易拉罐　啤酒瓶……
她老旧的身体和旧时代的头巾
外祖母记不住的故事都已给我讲过
她的江水在枯竭前最后长出一朵野花
冬天还没有结束一些树就已经发芽
它们迫不及待地来到人间
使季风刮到二十年代

拐　弯

这就是我梦中的巨蟒了
神让它庇佑彝人村寨
让花躲着我们开。让蓝永久停在小平原上空
让马唐突然就停止摇摆，阁楼停止飞
祖父肯定没有见过这种场景，他死去好多年了
我来到半山腰，替他自豪一次
替我自卑一回

在铁轨上

那是滇越铁路废弃多年后的一个下午
铁轨闪着锈色的光。我们坐在枕木上
看它腐烂后草从什么地方长出
我知道此处昔日繁盛。仿佛这个检票口
刚放出一万人，去奔波他们各自的命运
去南方让时间回到民国。那一定很悲壮了
巨大的水塔长着倒悬的草木
我让风贴着铁轨过去，吹走它刚长出的锈迹
我管锈迹叫水合三氧化二铁
我要回到深山，告诉邻居
我见过的火车已经像他们一样古老

生活场景

他的猫死了，也许他并不悲伤
他提着猫的尸体穿过人群
把它丢在垃圾堆
同时我还在猫的尸体旁看到鱼的尸体
普通草鱼，它还张着嘴巴
也许想吐出最后一个泡泡
追悼会仍然在此举行
这家小吃店的一位老人去世
大门紧闭，他们在靠近小巷的侧门
贴挽联
他们说他驾鹤西去
从故乡返回后我再也没有在出租房做噩梦
倒是隔壁经常传来尖叫声
隔壁住着一对青年夫妇
也许他们相信爱情
小窗看出去首先是挤在一起的砖房
其次是电缆线
绿色的公共厕所
那里臭气熏天
但一些孩子总是在厕所门口玩耍
水泥电杆贴着装宽带的广告

今天有人吹唢呐
有人打麻将有人唱山歌
有人在桥上叫我让一让
他推着一三轮车蔬菜
要赶在晚餐之前将它们卖出去
没有人知道我的书包里装着
关于宇宙和诗歌的知识
没有人注意到这个城中村多了一位年轻人
他看起来各方面都很正常
他看起来有点忧郁

重返昭通

这一天我回到我的十六岁
在市政府广场看见准备抽烟的祖父
多年不变的街道上他仍然挑着他的担子
他售卖火、苹果和剪刀
旧纸币和铜钱，他带着他的白胡子
走在年轻人的队伍中
他带着他的白胡子
离开年轻人的队伍
时间突然在他的篮子里慢下来
他在洋人街摆地摊
给一捆新鲜的玫瑰浇水
用旧毛巾擦他的绿色葫芦
但最慢的时光都给了乞丐
他们躺下，在人的海
缓慢呼吸
这个城市几点落日他们不知道
昭通是最伟大的城市
高铁和飞机没有带走它的慢
它给每个疲惫的游子深入灵魂的
安抚
它的细节在每一个地方被看见

剃头匠还没死，乞丐还没死
鸽子和纸火店还没死
苏仁聪还没死
人们依然慢悠悠在街上晃着

去杉木森林

去年我来过
没注意到这里有几座荒坟
蕨草层层覆盖
林中已没有道路
但他们有爬山虎
可以开辟一条新路
运输碑石
为了修路他们几乎拆掉一面墙壁
用那些砌墙的石头来铺平道路
那栋房子已经好些年没有人住
我们预测它会在十二年后倒下
因为即将到来的雨季会加速它的腐烂
因为这里一年都是雨水
现在雾就笼罩山顶
这里已经成了鸟类的天堂
没有人打扰它们在这里的生活
此时枯枝掺杂着新绿
有轻柔的冷风
春天还没来
我们必须加紧手里的活计
因为年轻人出门后只剩下老弱的父亲

他们还要照顾孩子，作为祖父
他们还要祭祀山中的祖先
而祖先已经淡出我们的生活
我们像谈论一个陌生人一样谈论他们
天黑后我们离开杉木森林
带着工具和傍晚的疲惫
一桌热饭菜等着我们
普通的一天我们就这样度过

小学校

再次梦到我的小学校
在荒野中，它被拆除了好多年
同学们回到自己的座位
握住铅笔画窗外的河流与杜鹃
鸢尾开在墓地，竹林藏着游蛇
老师用方言念生字给我们听写
他说燕，燕子的燕
而燕子，就是我亲爱的姐姐

等到暑假

又有相同的人群出现在火车站
我们拥抱不同的痛苦和黄昏
就是在等车的时候
我回忆起天楼上的皮球和床下的泥人
树上的蛇和我一起坐下来哭
我没有看到它的眼泪，总感觉它很伤心
山里的夏天无人有狂欢的雅兴
一条蛇静静地在墙上休息
寂静的中午水缸上蚊子在飞
这都是些无法离开故乡的家伙
心怀理想和长着双腿的人远在城市候车厅
一些火车开走，一些火车
在途中出事故，六月
祖父的相片挂在木壁上
后面的神龛，因为年久失修
变得更像是悠远的时代
留给我们的回声。三叔令我回家
写碑，有一个人邀请我
去西藏寻找奔波的秘密
有人令我考试，在城市
买一套房子。一个人淹死在咸水湖里

一些人围着神山转了一生
这个暑假有谁在等待我，荒凉的公交车
开往郊区的工厂，我曾听见
机械诡异的碰撞声
七月的草莓地挖掘机挖出我们谋生的土碗
有些天我预感夏天就要结束
有几场暴雨和十年前没什么不同
我在停电的夜晚摸黑去房间寻找蜡烛
却摸到祖先们的地契
那些没有见过塔可夫斯基的先人
在七月的山中以森林为提琴
山里的神很孤单，等到暑假
我就认真地给他们写碑

草莓园

鸟和樱桃都只是一种意象
落日和石头要具体一些
群山后面是一个人荒凉的故乡
夏天桑葚成熟
酒浆齁甜，我在异乡的田野
遇见乡下的弗罗斯特
可惜那时风吹头颅，醉意汹涌
我以为天空暗下来
是因为有人想关掉电灯
以便体面地坐在草莓园痛哭

无序的

我祖父临终时混乱的胃正在折磨着他
一生的锄头在照壁前倒下，太阳落山了
那么多先人从地下起身，在屋子里催促、追赶
杉木森林吹过无序的风
有一棵大杉树来到我们的堂屋，木匠在私语
我们听到了，没有人传达，没有人回应
一只雄鸡想鸣叫但被鞭炮声吓成哑巴
神龛后的小房间，一地瓜子和餐巾纸
人们混乱地站着，构成无法表述的图形
明天我要看到傍晚的街道
电动车和机动车混杂着人群去往南边
连冬季开满昆明的花我也不知道它往哪个方向散发芳香
因为风同时从八方吹来，我不知道湖水怎样起皱
我曾努力在大街和花园中找规则和联系
现在我发现了我的徒劳，万物都会自动走向混乱
这是熵增原理，自然力量人无法左右
生活就是无序和没有理由的
祖父走了，我必须开始理解父亲

东方书店

对面的古式建筑是我在窗边看见的
那时我坐在一把绿色椅子上
两家茶馆的幌子在一棵树旁缓慢交谈
风如此温柔它是怎么爬上二楼的?
有个赤脚渡江的人从吴家林的摄影集中
走到我的身后
他带着一身水汽拿起一个旧物件
你为什么在一九六二年就忙着结婚?
冬天好像已经结束或不断重新开始
陈衍强写的乡村多么像祖父的乡村
此时被污染的大海泛起白色泡沫
文明街离海太远了，走不到的
因此有人在傍晚去湖边看海鸥
她坐在轮椅上背对我
黄昏远去，黑暗和我站在她身后
她的格子头巾失去花纹
湖水污染后三角梅依旧那么鲜红
像一个时代像一个时代的母亲
有多少人从楼下走过就有多少
记忆的声音
造物主，他到底是谁?

为什么要给我们记忆
过去几年，一部电影每天在临街重复上演
电影票还夹在东方书店的某本书中
五年多了，有谁重新发现过它
现在坐在我身边的是时间的幽灵
它正弯腰抱起它的钢筋
它想在这里建一栋永恒的大厦
把记忆焊死在里面

沉　睡

那些已经拆除的房子得到修缮
施工队怎么也无法进入怀乡者的梦中
他们将挖掘机开到山顶
就回到没有石油的时代
野草蔓蔓，小路已不能通行
只有很早以前家族才有镰刀
有人愿意开路，搬走石头
剩下的水井因为人而存在
因为人的消失而枯竭
多余的水缸破裂
没有水渗出
多余的水回到天上
追随西去的祖父
之后没有人回去
哪怕他曾在那里度过一生
最茂密的森林一点点被阳光带走
最好的老人在鼓声响起前领会死亡
那个被囚禁在梦中的人
监狱是他的故乡
是带领他认识世界的竹林
他现在认识更多的世界

酒吧和通向海边的高速公路
沙漠日出和同性之爱
他去过的地方已足够遥远
需要用贫困和绝望才能抵达
最好的状态是在周末睡上一整天
当他醒来，发现春天还有一段距离
所以沉睡是一种创造
他因此得到雷声
爱情和消亡

我的小镇

我的父亲和母亲住在这里的出租屋
光线幽闭、漏雨、墙皮脱落的出租屋
他们在里面吵架，和好，给我打电话
我的奶奶隔三差五就要回老家
在长满灌木的地上站立，在祖父的坟前停留
我的叔叔们事业正好，生活愉快
我有些弟弟在上学，有些姐姐有了孩子
有几个爱喝酒的如今已经戒了酒，爱赌钱的
也都去了他乡挣钱。他们多么善良
在昆明，他们请我吃饭，给我提供
温暖干净的居所，放下工作陪我晒昆明的阳光
我亲戚们已经摆脱贫困，虽然
每年都有人离开。我的小镇
有八条街道，笔直，干净
有广阔的森林，我曾在里面迷路
天黑时哭。有充沛的雨水
我们常常被淋湿，在火炉边取暖
有好多大山，我目睹它们把太阳吞进去
把星星放出来。为此我流泪
现在还有泪痕
我的小学校，已经沦为废墟

我的老房子，已经转让给老鼠，昆虫，蛇
杂草，雨水和祖宗的神位
但还装满我的童年。那些密不透风的日子
在我的小镇，总有人在新开的 KTV 整夜追忆
许多人乐观地活着。许多人悲痛但还是活着
许多人极度悲痛并去了人间的反方向
法师给他们唱诵的经文多么好听
野花开得多么自由，野果长得多么甜蜜
鸟类成群结队经过小镇的上空，多么壮观
那时我看到鸟，想让它们带我离开
现在我看到鸟，只想让它们
带我回去。

春　分

我们的结局是衰老、死亡
但是春天来了我们就变年轻
我的母亲爱唱歌，总在树林中
变成一只阳雀，拉长声音
赞美蕨薹长满山坡，世事流转
我不可能永远守在母亲的身边
让她给我做一件有兰花的衣服
我穿着到他乡
把故乡的春光带在路上
我穿着它看见白色的人群在帐篷底下
排着漫长的队。请母亲你不要担心
今天我就要从出租屋里搬走
到学校去和大家住在一起
半个月不出门，让我安静地等待
北方的春风吹绿大地
每一天我们都是如此谨慎
是你，亲爱的母亲，山中的母亲
用你的歌谣带给我封闭时的喜悦
如果随着春光消逝
你的牙齿脱落，不能发出正确的音调
我会将闹钟调回去

它在我午睡时响起

哦，春光明媚，我们有不会苍老的心

相信科学

初一那年暑假的某个暴雨天
祖父给我讲下雨的原因
“玉皇大帝给龙王下了一道不可违抗的降雨命令
所以山中大雨倾盆。”
那时我已有了一些自然科学常识
知道祖父说的纯属扯淡
为了让他摆脱迷信愚昧思想
我给他画了一张自然界中的水循环图
显然他没有看懂
我又用他的茶壶给他做了一个演示
我将玻璃杯子扣在茶壶的出气口
随后杯壁上有晶莹的水珠流下来
我说：“老爷，这就是下雨的原理。”
他还是一知半解，我不得不找出地理书
因为他不识字，所以很相信书
我说，不是你要相信书
是你要相信科学。我还自豪地念了一句
那些神啊鬼啊都是骗人的把戏
祖父临终时被科学和无神论深度困扰
因为科学和无神论阻止他去那个极乐世界

写于中午

我不能再去树林等待
阳光每天都会消失一些
很多年后
我将坐在黑暗中给父亲写讣告
他将骑着纸马
从香案前跃出我们的世界
我体察到他的消失
在水井边
他失去影子
当人没有影子
他将生活在另一片森林
我们去森林却不能找到他
这是一个古老的说法
我们不能看到的世界
我们向它忏悔
这是一个谜语
谜底就是生命的秘诀
我是苏仁聪
我用一生杀死我的父亲
很多年后，在去往森林的途中
我会看到塑胶花在他手中开放

我当着他赎罪

当光消失

我们是唯一被月亮照耀的人

乡村人物

在乡村摄影师的展览中我没有再看到他
他的花瓶和猫仍在窗台等着落日划过田野
山竹的影子轻轻盖住母亲的秧苗
那时他爱坐在水井边描绘夕阳中的群山
有时画面中会有一只乌鸦站在杉木的枝丫
那是唯一的黑
去年春天还没有结束他就躲在玉米秸秆堆中
说想好好睡一觉
现在第二年的深秋已经来临
我走在大街看见密集的人群中
有几个人那么像他
我准备开口喊他才意识到他已经熟睡
他永远热爱乡村
他总是能整夜整夜在森林中酒醉
不像我总想在城市住上几年
不像我有时热爱写字楼上泻下的月光
他有他的金属和木桶
画笔遗落在海边的深山
他的白色床单已被卷入大海
那个砖厂最伟大的艺术家睡着了
请不要偷走他的工资和手牌

辑四　长句

山中笔记

1

灰色的星期一，大象还没有从酒醉中完全清醒
父辈们回老家——栽种竹林
他们拿起生锈的锄头，像回到了从前务农的日子
他们捧水解渴，坐在木水缸上喘息。梨树在屋后
想要开花。我和朋友爬上山，要去栎树林找回一首
遗失多年的诗歌。大森林住着我的法老、先知
这边是埃及，这边是约旦河岸，哦，是我的故乡
路旁的杉木很久前就长大，现在它们泛起层层新绿
是啊，春天在明处到达，山花在暗处欲开
它们的生态系统还有野猪、鹿、蚯蚓和猫头鹰
远山，如锯向天空的锯子，淡影，看得见的
村庄，晨雾意味着这是好的一天。路湿而复干
红日会在明日升起，照亮小河。蕨类植物，旧去新生

2

是梦中起飞的悬崖，它包含我一半的自由，一半的恐惧
它还含有一位美丽的少女。少时我坐在坝子晒太阳

她在黄昏中对我微笑。现在我终于登上山顶
隆重的记忆顺着山藤爬上来

3

去祖母家的山路铺上水泥
玉米地种植小青冈，夏天我从这里回家
蝉声延续到昨夜梦中。晚风止于门前，晨起的祖父
就埋在路边他耕作的土地中

4

不肯搬走的老人在移栽桃树，他的房子只剩
几片完整的瓦，门口尽是淤泥，养着小鸭子
他的猪断了四条腿，我觉得很可怜
他那老去的猫咪蹲在石头上打盹
门联的字迹模糊，但我还是从中看见了
半枝春色，三条柳枝。他们曾经珍爱的木柜
现在丢在路边给老鼠做窝，蜜蜂搬走后
空空的蜂桶结满蜘蛛网

5

路真滑，针叶刺痛我的脸，火辣辣的
这里名叫火烧坡，乱石堆里曾住着一位年轻的乡村教师

他在三十九岁死于肝炎，他走了二十多年，他的故事
从六叔口中讲出，说他曾是优秀教师
死时还在努力把遗书写得工整
他的孩子们远走他乡，他的妻子改嫁
他的坟前长着马耳草、白茅和川莓

6

哇，我们遇见瀑布了，小瀑布
风车草和水葱长在溪边，溪流越过石头
木叶漂在小小池塘，黄花鸢尾还没开呢
没有人到达的秘境
风也吹不进来。我们在清涧中饮水
看见额头芒草丛生，看见姑娘远嫁平原
看见少年未归人已老去

7

去一座废屋敲门，去它掉下的梁木上捡野生菌
植物们迅速侵占各间屋子，抱歉，打扰了
植物精灵们，请继续繁衍后代
请继续收留山鹰

8

遇见牧牛人时他在吸烟，他坐在长青苔的石头上

我少年时熟悉他，现在想不起他的名字
哦，他老了好多，时光把他推进深渊，山色朦胧
我们交谈约有三分钟。此后也许我们将不再见面
也许我会在他的葬礼上想起春日山中的一幕
也许我会哭

9

小学校，我们回来了。在你的风烛残年我们带着酒杯
那时唯一的老师就在我身边，他两鬓斑白
教过我古诗，明月就快要升上山冈，春风浮竹林
台阶上的地衣差点使我滑倒，我推门而入
又两手空空出来，时间夺走我的小书包
又给我戴上枷锁

10

大菩萨挂着红布，在黄昏中保佑路过悬崖的人
大菩萨，我们要离去，之后父亲会回来给你上香
你置身荒野，之后我们会给你戴上帽子，穿上新衣
我们会给你唱歌、写诗，把大海搬到你身后
把春天搬到你眼前

遗　址

1

一月
我在去年想去的地方旅行
在遥远的途中
雪正在消融
草还没有生长
当鸟类不再说话
我在枯林中听到自己沙哑的声音
有些记忆被带到阳光里
天很干净
宗教徒找不到一朵可以载他西去的云
房子燃烧
昨天成为遗址
我见过孔丘
他的坟前栽种两排古柏
皇帝触摸过的石羊
我摸到了
风吹着孔丘坟头的树
因为这是冬天

树已经枯萎
所以树没有动
孔丘躺下两千多年了
如今，他的枯骨何在？
我必须从那里回来
不能沉浸在一个人的遗址中

2

诗人的故居也去过几个
在蒲松龄家
我没有找到亡灵漂泊的道路
哪些孤魂被野鬼欺凌
哪位野鬼转世成我？
苏仁聪，滇人，性慷慨
没有一个书生的命运会投放到他的时间中
没有一位先人告诉他
在今天，应如何在遗址上
祭祀。礼崩乐坏
他只能去写诗
在这个年代
一些人已躺平
他们独居在单身公寓中
用晚餐代替早餐
用晨起代替晚睡

每一个深夜，他们都听到
灵魂哀号的声音
可是没有人有办法
驱逐内心的鬼
太荒诞了啊！
一些人在写字楼通往地铁站的途中
焦虑
我不知道如何把他们带回
鲜花怒放的中午

3

只有飞机知道我从山东半岛回来
只有机场知道我的忧虑
这都不要紧
为了大家
我们必须再坚持一些时间

4

所以我来到更接近自己的湖边
和浪花住一个晚上
当我沉睡，湖水收起它的涛声
我们在湖边醒来的早晨
风推开窗

孤山在崭新的世界里起雾
朝阳升起
月亮登上云梯
去年此时我从对面的高速公路上经过
有人在湖边起舞
有人跳到湖中
游泳，他疯了
水像孤独一样困扰他
这令我感受到不可回忆的遥远

5

要去山上看看神灵
和祂统摄的大地
告诉祂，祂太失败了
没有安抚好人心
车从盘旋的公路上去
穿过松树林
穿过秀丽的光线
我们回到彼此之中
要扒开灌木去寻找此山的最高点
要把最高的地方空出来
留个神灵
虽然祂终年玩忽职守
可我们依然敬畏祂

6

看到滇池和抚仙湖
也不觉得它们有多大
毕竟我曾见过大海
毕竟我曾在海边被浪打得不知所措
阳宗海更小了
它像滇池带在路上的一个孩子
它虽然小
可是它依然有浪花
这是朋友告诉我的
因为他看见了湖中水的分层

7

我们来到老君殿遗址
这里发生过的重大历史事件
我不会再转述
只是那个携妻带儿跳进滇海的蒙古王
反复出现在风中
他的痛还没有被滇池涤荡清吗?
我真想从这里飞下去啊
谁借我一对翅膀
让我远离人类

撞死在群山起伏的时刻

8

朋友整天都晕乎乎的
我担心他会在森林中跌倒
如果他跌倒了
我将会替他站起来
继承他的双手和心灵

9

如果阳宗海真的是海
我愿意从北京退回到阳宗镇
从我们这座山上路过

10

明天就要回家
真正的返乡永远存在于途中
当我回到家
我依然在返乡
多年前的一天我离开故乡
到死都回不去了

11

所有我们曾去过的地方都成了遗址
故乡也是遗址
我来到这里
像多年以后来的一位游客
他指着我写诗的地方
说遗址上已长出花朵
说神要求我们自救

废园日记

我们到达时日已偏西
汽车停在昔日管理局门口
管理局搬进市区，房子空着
景区大门紧锁，锁孔生锈
售票处堆满干柴
票价停在 2003 年
广告牌发白，被风撕成线条
我们从唯一的小路进去
它隐在荒草中
枯枝，废铁，白色塑料，纸张
荆棘中有寻找食物的鸟
我们来到湖边，看见水无边界
贝壳一半泡在水里
一半裸露在大地
有水生动物还在湖水深处游着
有一个钓鱼人变成雕塑
一束光穿透他的胸口
野鸭向湖中心游去
湖水不够清澈
部分区域有死鱼的腐臭
南面来风，我们离岸

在一个铁制水龙头里
先放出锈水，再放出清水
用清水洗过脸，我感受到风
变成我的母亲
草从水泥路的裂缝中长出
没有人再去踩踏它们
它们多么绿，这是夏天
它们当然愿意在路上撒欢
长廊突然出现在柳树背后
入口处写着它的竣工时间：1996 年
和建设单位：湖北大冶风景园林公司
廊柱油漆脱落，露出石灰
和水泥。廊顶的图案
已呈朦胧态，八仙少的两位
被风带走了，流觞图中酒杯已干
牡丹有别的含义
座椅上落满灰尘，没有人会再落座
燕窝和鸟粪散见，我们从这里撤出
登上风雨阁，看见大湖被绿洲包围
湖边有艘大船，朽坏得很彻底
现在它成了孩子们的游乐场
有个孩子将来会从这里掉进湖中
一棵槐树从中间断裂
它的上半截斜靠在廊椅上
它的枝丫遒劲、干枯，直指苍天

它死了才获得生命
风吹日晒，我理解它们艰苦的内心
洗手间灰尘味扑鼻，下水道堵塞
玻璃被石头砸碎
一个亭子出现在林子中
同行者说
这里像《聊斋》中的场景
让人有命途多舛之感
老僧和侠客俱已远去
我想在此大睡一场，醒来看见
日薄西山，星辰浩渺
斑驳古意汹涌而来
更深处的鱼庄打烊多年
王说“楼外楼”饭店最鼎盛的时候
要从上午开始排队，它的鱼来自北湖
味道极佳
“山外山”的王八汤做得一绝
可惜我们再也吃不到了
这里曾有一位中年女人卖老冰棍
那时每一个游客手里都会有一根
在闪闪光芒中融化的冰棍
还有河南面馆，新疆丸子汤馆
重庆烤鱼店，四川火锅店
……
这里关闭时

他的朋友在告别词中说这里将让给鸟类
我们这些鸟人就要迁回故乡
王多年前曾游到湖心岛
又在暴雨中回游
一浪又一浪湖水打在他脸上
那天他年少
看见湖上天空乌云密布
兴奋得在水中跳舞
当我脱离队伍
轻轻推开“楼外楼”的门
桌椅依旧，地上有两张菜单
几箱空瓶子码在角落。我突然认为
自己是十年前在这里打盹的
游客的一个梦
一根木头横在花坛上
有锯子印，又有斧头印
龙爪槐因无人打理，大部分已经枯死
林中隐藏着一栋二层小楼
贴着粉色瓷砖
我说它颇像南方建筑
我想在这里做一名隐士
喝酒，写诗，绘画
这条大路幽静，植物围拢
它在秋天会有多美，这是一个秘密
低处池塘的水干了，乱石堆砌

鱼水相互拥挤
鱼水飞走了。我们也要在天黑前离开
返回时心境已不同
落日正切于湖面
那真是一生难得的静谧
林间瑟瑟
晚风把准噶尔盆地吹成江南
我以为只要盯着天际线
就会看见归来的帆
载回父亲
同行者已经迫不及待
他们催我回去
汽车穿过村庄
流浪狗在公路上追逐汽车
村民在生火准备晚餐
鸟路过天空
王说他中学毕业时
在这里喝了一生的第一口酒
大半生就这样过去
今年春天他的老母亲在胃癌中离开
二十天后，他的房子开始漏雨
他语气平静，像是讲小说
落日忽逝。王白发苍苍
他说的每一句话都被风吹走
我留在湖边的心事

将被候鸟带去很远的南方
此时天空垂暮
我芬芳的孤寂开始向四野弥漫

大　象

五月底，在我的故乡云南省
一群大象正在向北迁徙
它们离开世代生活的雨林
并在另一片阔叶林中迷路
它们走到县城的大街
用象鼻推翻护栏
用象腿踢倒警示牌
它们走进农田，稻子还没熟
它们心目中最荒凉的一种景象
马走斜日象飞田
大象离开农田
大象热爱玉米
在亚洲，它们今天应该不开心
又一个星期六
我在办公室重复一首歌
大象在烈日下靠近昆明的边界
那里有河流，快要枯竭的江水
国家高速公路和电力公司的铁塔
大象在中午的河中泡澡应该是很开心的事啦！
它们戏水给我带来另一个古老的夏天
我的祖父在杉树上昏睡

大象不知道我，苏仁聪，一个它们的
已经向北迁徙到沿海省份的老乡
大象在星空浩荡的村庄过夜
我在明月高悬的泰山下失眠
或者重复同一个梦境。
有一个梦给我一个关于生活的
完美启示
我在梦中的板房继续失眠
我在梦中遇到了我的姑姑
那位年轻的博士
她在写关于大象的论文
大象要去哪里？
它们已经来到人类的生活城市
像十五个市民
在车流撤退后的大街漫步
那里可没有高大的榕树
在水泥地上
大象应该渴望跳舞
寂静的夜晚有人在楼上拍照
大象不知道它们的照片
已经流传到我的电脑上
大象不知道我在利用它们
写关于自己的诗
大象哭吧
大象悲伤吧

大象哀鸣吧
在北方
人们问我它们到底要去哪里
我不知道呀
也许它们只是像去年的我
在迷茫中去省城做一次短暂的探访
它们也能走上高架桥吗？
它们也迷茫吗？
它们会不会在灯光炫耀的酒吧唱歌？
喝醉后默默离开象群
我的迁徙经历可远比它们精彩
也远比它们孤单。早些年
我一个人坐火车去宁夏
沙漠的边缘
我一个人在月光下写诗
大象爱水，我也渴望淹死在水中
大象穿过非洲草原寻找水源
它们在落日时分从鼻子里喷射出彩虹
短暂的，不同于我在祖国的边界
霍尔果斯口岸看到的人工彩虹
亲爱的大象
你的长鼻子带着花纹
像祖母脸上涌起的老年斑
你的左腿被绑在一棵树上
我可以隔着屏幕摸摸你吗？

亲爱的大象，停下吧
你去的地方很久才会下雨
听我给你讲故事
前几年，我又一个人去新疆
广大的疆域内我没有一个亲人
有很多人请我喝酒
醉了睡在田径场
戈壁上荒凉的小屋
第二天才看见被玻璃划开的皮肤
伤口已经结痂
大象的皮那么厚
没有玻璃划开的伤口吧
大象现在应该感到焦虑
它们走了那么远
也没有找到一个像故乡的地方
不过我走遍祖国五分之四的省区
同样没有找到那间可能会被拆除的
木质房屋，祖父建的
父亲重建
我把它丢弃在杂草凌乱的山区
有一次我在嘉峪关火车站下车
边塞的风没有携带沙尘
傍晚，我坐在路边的小饭店喝黄河啤酒
突然感觉回到了故乡
那晚我哭了吗？

兰州，黄河水浪滔滔
还有金昌和武威，我数次路过
没有下车，没有像亲爱的大象
让孩子夹在中间
那时我没有需要关爱的孩子
大象饿了吗？
它们需要很多食物吗？
我手边只有一个小面包
我还没用晚餐，学校的食堂已经
打烊了
我深爱大象，我曾在一本小学教科书上
反复涂画它，长鼻子，大耳朵
大象，那时候你用的是什么表情？
有一年冬天我在广东的一间临时砖房
和父亲讨论动物园里的大象
父亲说大象真大呀
我们不可能把它带回
我们在云南的小小客厅
但我们可以在客厅的沙发上梦见大象
可以让它走进我们梦中的厨房
挑选自己喜爱的食物，可是父亲
它们迷恋的热带和雨林
我们都没有去过那里

消失的夏日

1

炎热的生活已出场，冰棍，玩皮球的孩子
他们的水枪丢在壕沟，白色布偶
他们捡到珍珠，铁质球形物体
缺少玻璃的手表，污泥，清洗后放在床头
做一个关于上学迟到的梦
黄昏的椰树林起重机停止工作：在一个十字路口
有人问我为何知道汽车要左转，它通过狭窄的大门
去暮色将至的国道，我曾从那里来
一个海边久居师傅带我打开一扇木板门，潮湿的
仿佛他们永远住在炎热的洞穴

2

夏天平静地滑过他的左脸，禁渔期
大海涌起腥咸，没有人会无故在海边走走
爱海的孩子已送回老家，在贵阳北站
一个老式的人抱着他走进医院
又抱着盒子回到故乡

夏天结束，就在他们感到绝望的瞬间

3

经过很多村庄我们去到最远的一个村庄
经过很多亲人我们去看望最亲的亲人
闪电在天的那一边，穿过无边玉米地
南瓜很大，它们长在乡村墓地的拜台
有一次我看到蛇爬在瓜藤上午睡
哦，恐惧使人怀念

4

凭借修辞，我们可以反复形容夏天
多风的、避雨的房子，摄影家
杉木森林的蕨草，柔软的，暴躁的
河边的，村庄的，柏油路的，旗杆和围墙
安静的风，猫的爪子伸向阳光来临的窗户
我们构想一座花园城堡，并在那里挨饿
忍受贫困、委屈、卑贱，我还要继续穿过森林
寻找童年遗失的文具盒，黑色小刀具

5

我的写作常常被打断，因为我总是在办公室

在菜市场，在地铁车厢，在步行街，写作
在商场写作，在火车上写作。在夏天结束时
坐在时间交界处写作，在我写作时
神就降临人间，他的脖子上系着铃铛
秋天来了，我要避开那些令我心烦的人
我要一个人躲到菜市场旁的小酒馆把自己喝醉
然后才开始写诗

6

他像一匹马，在深夜打着响鼻，他站着睡觉
他把头伸进客厅，长颈鹿，夏天不会再有了
你要去哪里寻找秋天的合欢树

8

秋深了，我讨厌这个失去秋天的城市
它不紧不慢，不热不冷
因此我的一切关于秋天的抒情诗句都是虚伪的
它没有落叶、长空和水潭
更没有悲伤

9

但夏天的确结束了，生活失去激素

要静下来清理伤口，食用盐，蒿汁
酒精，实验室的昏昏欲睡，吊灯
风铃响起时我的头伸出窗外，看见大街上
平静的生活

后　记

这本诗集收录了我从 2018 年到 2022 年上半年所写的部分诗歌，它描绘出了我这四年的写作变化轨迹和心灵以及身体运动轨迹。2016 年刚开始写作时，我没想过有一天能出版一本属于自己的诗集，那时我还是一名化工专业的本科生，只是把写诗当作缓解学习压力的一种方式。因此这本诗集的出版，对我来说，像是一个悠远的梦。考上石河子大学研究生之后，面对从未见过的风景，面对森林、草原、沙漠和一望无际的戈壁在同一片大地上出现，从童年时就栖居在内心的诗神便开始左右我的心灵，使我真正爱上诗歌。从此，我走上了狂热的诗歌写作道路，直到如今，直到将来……

我出生在云南省镇雄县西北部群山中的一个微型村庄，全村只有六七户人家，现在均已搬到集镇上。那个村庄被群山环绕，无边无际的森林给了我最早的诗歌体验，我和我的童年玩伴们每天游走在森林中，割草喂马。我最初认识世界时，只看到了世界上的森林和森林之上的天空，所以，那时我认为，世界单纯由森林构成。后来我到了外地上学，见到了城市中的高楼，车水马龙的街道，见到了戈壁和荒漠，雪山和大海，我对世界的认识发生了改变，但这种改变依然带着浓厚的森林影子。我们那里的森林中有很多杉树，在我们当地，杉树的主要用途是打造棺材，每个人最终都不可避免地要到一棵杉树中去，这是我们当地人的归宿，无边的杉树森林里有一座座“空坟”，每次去到森林中，那种旷古的虚无和实在交织的感觉便会自内心升起。

所以一开始，我打算将这本诗集命名为《无边森林》，我希望故乡无边无际的森林能给每一个在人生迷途中和走向死亡过程中的乡亲以安慰。今年 7 月，在香格里拉独克宗古城的一个茶馆内和朋友们谈起这本诗集的名字时，一个朋友建议我将诗集名称中的“森林”一词去掉，留下“无边”二字，这样“无边”就会显得更“无边”。我觉得这个建议极好，在我的故乡，在我们的生命历程中，无边的东西何止是森林，任何东西都是无边的，我们在始终在无边的世界里漂流。因此，这本诗集的名字最终定为《无边》。

这本诗集由四部分构成。

第一部分总标题为“去边界”，这部分主要收录我在新疆求学时写的诗歌，这些诗歌大多都有浓郁的边疆风情，大多写我在新疆见到的风景和感受到的人文，以及沉浸在这种风景和人文之中的内心体验与生存体验，部分写我在新疆见到的那些普通的异乡人，他们和我一样，都漂泊异地。当然也有部分诗歌写的是我在其他省份的生命和情感体验，但这些体验和在新疆的体验有相似性，所以把它们放在一起。

第二部分总标题为“月光高速”。毕业后我回到家乡，闲置在家半年后，第一次感受到了生存的压力。于是我和堂弟苏迪决定去省城昆明找工作，那晚我们开着车路过大关县和盐津县交界的大峡谷，高速公路被月光照得明晃晃的，我想起之前在求学时，每每经过这里回家，而现在，我走在和当年回家时相反的路上，感到前途渺茫，工作无定，于是有了《月光高速》一诗。这一辑很多诗歌都是在外省或漂泊途中写的，它们记录了我在不同省份漂泊时内心的深度体验，它们也记录了我遇到的很多陌生人，多年以后，我相信当我再读到这些作品，那些漂泊的日子，那些陌生的人都会重新浮现出来，让我的过去在时间的摧毁中保持坚固。

第三部分总标题为“我的小镇”。无疑这部分诗歌多数是在碗厂镇完成的，它们记录了故乡的风物，乡亲们的生存方式与存在方式，还有相当部分诗歌在追忆过去，我的小镇近些年变化极大，传统的生活方式，传统的住宅，传统的文化等逐渐被摧毁，大家都走向一种同质化的生活中，变得和北京上海昆明没有多大区别，我想通过诗歌细节的呈现，留住小镇上的过去。当然我还写到小镇上的一些典型人物，我认为，他们也是值得关注的。

第四部分是几首长诗，间接透露出我们那个地方的人对生死的看法。《山中笔记》也是在这一期间写的，但《山中笔记》主要想唤醒我对森林的悠远记忆。这些长诗试图处理短诗无法完成的一些主题，它们更能代表我在不同场景下的生命体验。

我不想在诗歌中表达观点，所以我的大部分诗歌都只是一种讲述，缓慢的讲述，我力求写出我们这个时代多数人的精神焦虑和精神狂欢（当然现在还远远没有做到）。我认为，今天的时代是一个巨变的时代，世界逐渐一体化，那些地域特征逐渐消失，传统的乡村也逐渐消失，我们活在一个深度异化的大时代中，每个人都一样，每个人都孤独。

诗歌不是别的什么东西，诗歌在帮助我们重新建设那正在坍塌的精神世界，语言是我们思考的核心，是我们思考的形式，通过语言，诗人能重新发现深存于基因中的古老记忆，从而更好洞察当今的社会，诗歌让我们得到真的感情，真的生命体验。

一个诗人最伟大的使命是真实记录他所生活的时代，那么，我们到底处在一个什么样的时代中呢？首先，正如我之前所说，这个时代正在朝着一种模式发展，多元性正在丧失，传统的乡村正在解散，山乡正在发生巨变。现代信息充斥着我们的生活，使我们再难关照自己的灵魂。我的祖母在乡村生活了七十多年，最近几年，我发现她也变成了一个“时髦”的人，以前她总是在田间地头散步，现在，一有空，她就坐在沙发上刷抖音。我非常惊讶，一个寓居乡村的老太太，不再去侍奉她的神灵和她的乡村，反而关注起世界来。她是我们这个时代，我们那个乡村的一个典型老人，正是高度发达的信息和交通使得她的旧世界崩塌，使得她的新世界重新建筑。

那么要如何去书写这个时代呢？在我的观点中，我们应该关注生存在这个时代的每个阶层的人，我们真实地去记录他们的生活，真诚地去关照他们的生存。另外，我们还应该关注这个时代的每一种新的意象，诗歌是发展的，不是一尘不变的，在唐宋，有月亮、有花草、有落日有晚霞，在今天，有 AI、有高铁、有飞机、有工厂、有社交软件有歌舞厅，这就是构成我们时代的元素，我们不应该回避，应该直面。

人类的贪婪造就了我们现代生活的一切，人类的贪欲还在膨胀，沿着一个个台阶上升，这不能怪每个具体的人，这是我们所有人共同造成的。也并不是坏事，重要的是，我们不要在这里丢失了我们的灵魂。

诗歌恰好是一种伟大的指引，它给我们提供了一面镜子，让我们在纷繁的世界中看见我们的灵魂，知道我们的孤单，知道我们内心深处最本质的“还乡”欲望。

在这里我要特别感谢前女友范贤顺，她是我写作开始道路上的重要支持者，我们好了很多年，因为各种原因最终分开了，她见证了我诗歌写作的“从 0 到 1”，我们在一起的那些年，她读过我写的每一首诗。很多时候，我们两地分居，我就在电话里给她读诗，她常常以一个非诗人的身份给我的诗歌提出修改意见，许多意见都使我受益。因此，这本诗集，我愿意献给她，并真诚地祝她幸福。

还有很多良师益友，他们时常鼓励着我继续写下去，感谢遇见他们。

最后，我最要感谢的是我的故乡，镇雄县碗厂镇，它用它灵秀的风景和粗野的文化教育着我。作为一个诗人，我们必须不知疲倦地去认识这个世界，在接下来的生命历程中，我必定要不断出走，但也必须不断返乡。就像大海里的水，当它们蒸发之后就以雨水的形式降临到世界各地，但它们还会通过河流回到它们的故乡大海。

人也一样，我们需要出走，也不得不返乡。

也许有一天我会不朽，但我首先会在我的故乡不朽；也许有一天我会被人们遗忘，但我最后才会被故乡的人遗忘。

我将继续带着极大的热情去读书和写作，去关心人类，关心草木与天空，去完成一个诗人的伟大使命。

苏仁聪

2022.7.14 于香格里拉

2022.8.28 改于驻马店

图书在版编目（CIP）数据

无边 / 苏仁聪著. -- 武汉 ：长江文艺出版社，
2023.1
（第 38 届青春诗会诗丛）
ISBN 978-7-5702-2901-7

Ⅰ. ①无… Ⅱ. ①苏… Ⅲ. ①诗集－中国－当代
Ⅳ. ①I227

中国版本图书馆 CIP 数据核字（2022）第 165359 号

无边
WU BIAN

特约编辑：符　力
责任编辑：王成晨　石　忆　　　　责任校对：毛季慧
封面设计：张致远　　　　　　　　责任印制：邱　莉　王光兴

出版：长江出版传媒　长江文艺出版社
地址：武汉市雄楚大街 268 号　　邮编：430070
发行：长江文艺出版社
http://www.cjlap.com
印刷：湖北新华印务有限公司

开本：880 毫米×1230 毫米　1/32　　印张：6　　插页：4 页
版次：2023 年 1 月第 1 版　　　　2023 年 1 月第 1 次印刷
行数：2848 行

定价：52.00 元